ウイグルの荒ぶる魂

―闘う詩人 アブドゥハリク・ウイグルの生涯―

萩田麗子 著

高木書房

アブドゥハリク・ウイグル（1901-1933）

عابدوخالق ئويغور

目次

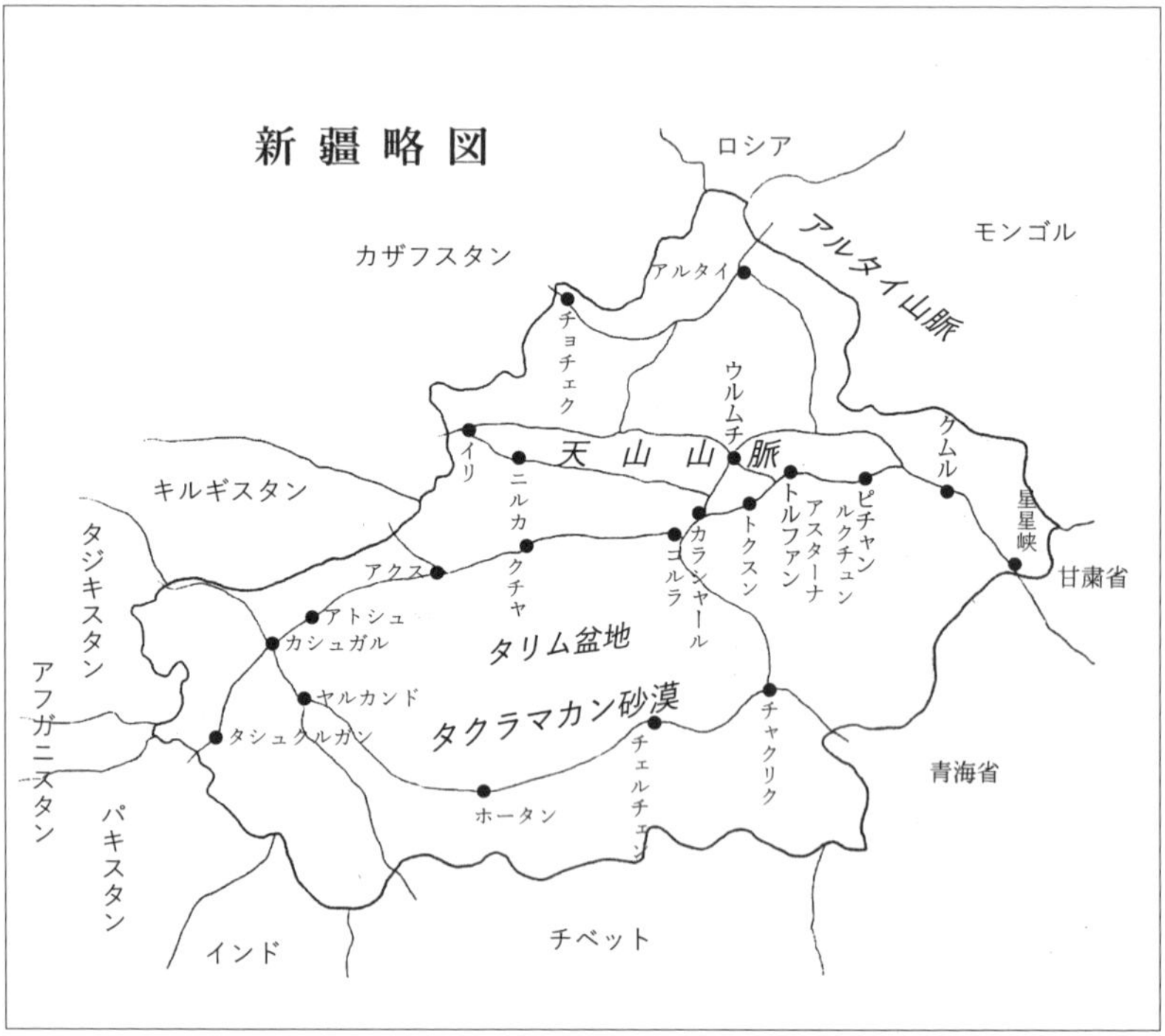
新疆略図
ロシア
モンゴル
カザフスタン
アルタイ山脈
アルタイ
チョチェク
ウルムチ
天山山脈
イリ
ニルカ
クムル
キルギスタン
ピチャン
ルクチュン
アスターナ
トルファン
トクスン
カラシャール
コルラ
星星峡
甘粛省
タジキスタン
アクス
クチャ
アトシュ
カシュガル
タリム盆地
アフガニスタン
ヤルカンド
タクラマカン砂漠
チャクリク
タシュクルガン
チェルチェン
青海省
ホータン
パキスタン
インド
チベット

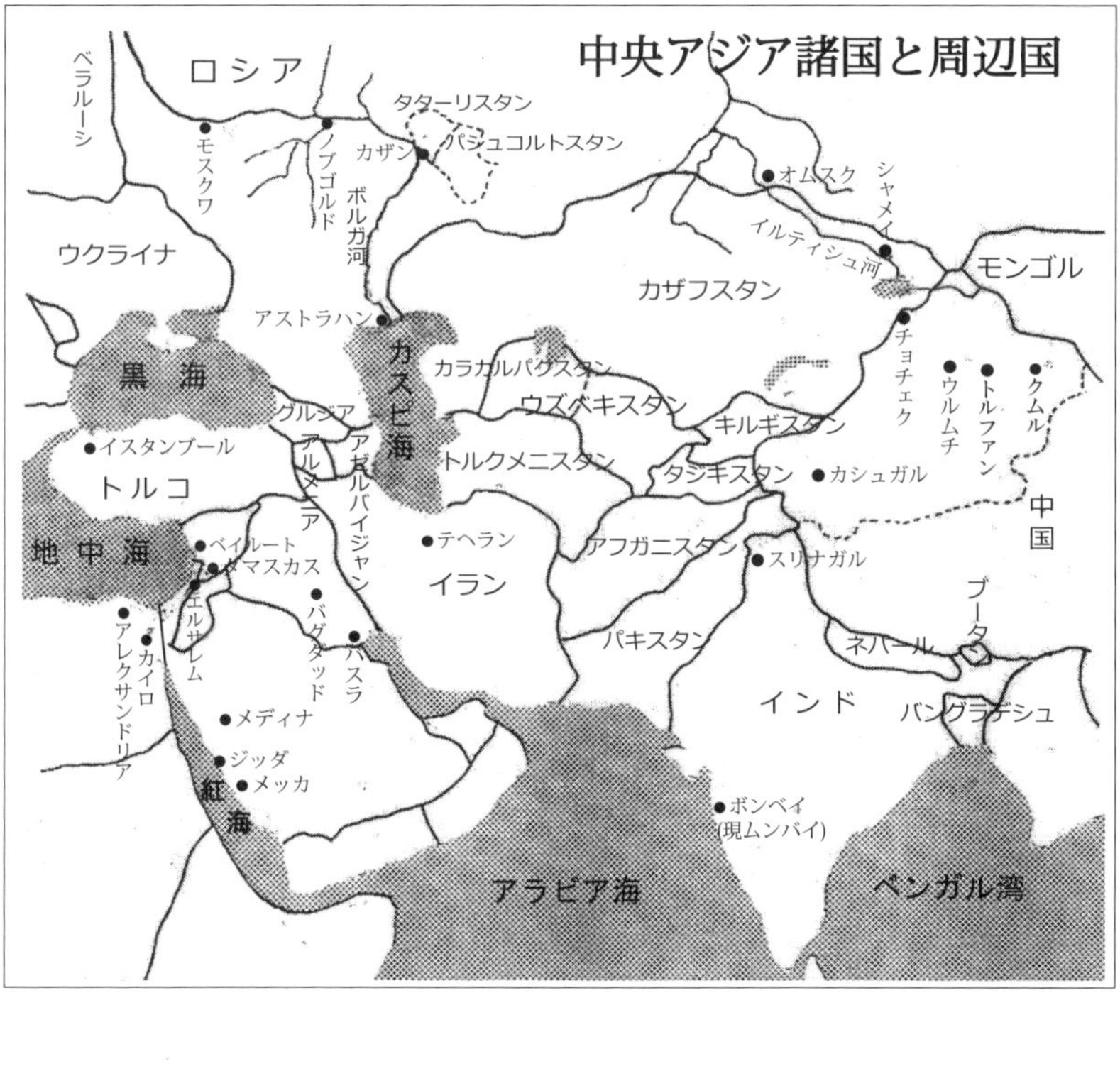

中央アジア諸国と周辺国
ロシア
ベラルーシ
モスクワ
ノブゴルド
タターリスタン
カザン
バシュコルトスタン
ボルガ河
ウクライナ
オムスク
シャメイ
イルティシュ河
モンゴル
カザフスタン
アストラハン
カスピ海
黒海
カラカルパクスタン
ウズベキスタン
チョチェク
ウルムチ
トルファン
クムル
グルジア
キルギスタン
イスタンブール
アルメニア
アゼルバイジャン
トルクメニスタン
タジキスタン
カシュガル
トルコ
中国
地中海
ベイルート
ダマスカス
テヘラン
アフガニスタン
スリナガル
イラン
エルサレム
アレクサンドリア
カイロ
バグダッド
バスラ
ブータン
パキスタン
ネパール
インド
メディナ
バングラデシュ
ジッダ
メッカ
紅海
ボンベイ
(現ムンバイ)
アラビア海
ベンガル湾

第一部　アブドゥハリク・ウイグルの生涯

序章

咲け

私の花が咲こうとしている
あなたの髪を　飾ろうとしている
恋人を想う心の火が
体を包みこもうとしている

恋人を想う苦痛で　心が血の塊になった
臼で碾かれて　粉になった
お前を恐れて　硬い石でさえ
一個でいられず　砂になった

情熱の花よ　咲け
勇気の道よ　開け

恋人のため　命を捧げよ
どうせいつかは　死ぬ身

かつてドイツの地理学者リヒトホーフェン（一八三三〜一九〇五）によって「絹の道」と名付けられた国際的な通商路があった。この道を通ってローマに絹がもたらされ、この道を通って日本に仏教がもたらされた。ほとんどの日本人は「絹の道」「シルクロード」という美しい響きを持つことばから、ラクダや馬を連ねて進むロマンチックな隊商のシルエットを連想するだろう。だが、この道を支配し利権を得るために、千数百年にわたってさまざまな民族、数え切れないほどの人間が争い、大量の血を流し続けていたことを知っている人はそれほど多くはないだろう。そして、その中のいくつかの都市では、今でも血が流されていることを、どれだけの人が知っているだろうか。カシュガル、ホータン、アクス、クチャ、コルラ、トルファン、クムル〔漢語名・哈密〕は、累々たる屍が何層にも重なり合ったその上に築かれた都市なのである。

そのシルクロードの要衝の地であったトルファンで、アブドゥハリク・ウイグルは詩人の魂を持って生まれた。そして三十二年という短い生涯を詩作と闘いに捧げ、美しくも激しい「咲け（開け）」という一篇の詩を詠んだ。その詩を歌詞にした歌は一九三二年十二月から一九三三年三月まで四か月続いたトルファン民衆蜂起のときに歌われ、義勇軍兵士を鼓舞しつづけた。

第一章　一九〇一年～一九一七年

一　詩人の誕生

一九〇一年二月九日、トルファンの大商人ミジトと娘婿アブドゥラフマンは、モスクで夜明け前の礼拝を終え家路を急いでいた。ミジト・ハージーの一人娘ニヤズハンの陣痛が始まっている時刻だったのである。

二人が屋敷の門をくぐって家に入ったそのとき、赤ん坊の泣き声が聞こえてきた。アブドゥラフマン・オグリー・アブドゥハリク（アブドゥラフマンの息子アブドゥハリク）、長じてトルファン民衆蜂起を率いることになるアブドゥハリク〔詩人としての名称アブドゥハリク・ウイグル〕は寒い冬の朝、この世に生を受けた。

アブドゥハリクが生まれた家は、敷地面積が四畝《ムー》（約二六六六平方メートル＝約八〇八坪）あり、物品の集積や保管、ラクダの一時的な係留のための場所を勘定に入れても、トルファン新城《シンチェン》(1)にあっては広い土地を占めており、この中に家族が生活する建物と女性客を迎える建物、男性客を迎える建物があった。

まずアブドゥハリクの家系をたどってみると、父方はイミン（一七三八～一八六三）という人物にまでさかのぼることができる。彼はカリガチ・ブラクという村の豪農の家に生まれ、村の宗教学校で学びモッラーとなった。モッラーとはイスラム教の教義を学びモスクでの礼拝を先導することを許された人物、イスラム教を教えることのできる人物のことである（後には単に読み書きのできる者、学者という意味でも使われるようになった）。

イミンの長男ムーサー（一八一一～一八九六）が詩人の曽祖父にあたる。ムーサーはトルファンの宗教学校で十二年間学んだあとカーズィー（イスラム法官）になるが、カーズィー職にありながらも村に戻って農業を続けていたという勤勉な人物であった。

ムーサーの次男ヘズィブッラー（一八四一～一八九三）が詩人の祖父で、彼は晩年、トルファンのムプティーになった。ムプティーというのは、イスラム法学者で、イスラム法に則った教令を出す資格を持つ人物である。

ヘズィブッラーの長男アブドゥラフマン・マフスーム（一八六八～一九五〇）がアブドゥハリクの父親である。彼は村の宗教学校で学んだあと、マドラサ（モスクに併設されている学校でイスラム教に関する授業のほか、ペルシャ語やアラビア語、古典文学、書道などが教えられる）に入って十一年以上勉強し、アラビア語とペルシャ語が堪能であった。父方は代々宗教的な学問をおさめた教養ある一族であったことがうかがえる。

母方の曽祖父はチャカルト村のアブリミト（一八二七〜一八八七）で、彼はカレーズ（地下用水路）の管理をする役人をしていた。このアブリミトの長男ミジト（一八四七〜一九三〇）がアブドゥハリクの祖父で、アブドゥハリクに大きな影響を与えた人物の一人である。

（1）新城《シンチェン》と老城《ラオチェン》……中国では防御用の壁で囲まれた都市全体を「城」と言い、トルファンには「老城」と「新城」と呼ばれる二つの都市が隣り合っていた。現在では一部を残してほとんどの壁は取り壊されている。

二　祖父ミジトと祖母エレムスィマハン

アブドゥハリクの生涯を語ろうとするとき、まず紹介しなければならないのが母方の祖父ミジトである。ミジトは読書家でアラビア語とペルシャ語に堪能で、多くの古典書を収集し、漢語とロシア語も商売で使う範囲では使いこなせるという人物だった。

チャカルト村で農業に従事していたが、父親が亡くなるとトルファン新城に転居して商売を始めた。ミジトと正妻エレムスィマハンの間には一人娘しかいなかったので、店に出入りしていた人物に頼み、学問もあり誠実で勤勉なアブドゥラフマンを娘と結婚させ、自分の商売を手伝ってもらうことになった。

アブドゥラフマンの助けを得るようになってからミジトの商売は一気に拡大し、一九八七年からは毎年ロシア各都市に隊商を送り出して貿易業を開始した。秋から冬にかけて近隣の村々から集めた綿花や乾燥果実を商品として売れるように加工し、それに羊毛、動物の皮や角なども加えた荷を、ミジトがほかの商人たちと隊商を組んでロシアに持っていく。ロシアからは鋼鉄、鉄製品、ブリキ製品、織物、日用品などを買ってきて、アブドゥラフマンがウルムチやトルファンで売りさばく。

娘婿アブドゥラフマンは、ミジトがロシア各地に出かけている春から夏の数か月間、村々をまわり綿花などの買い付けをし、時間をむだにすることはない。二人三脚のこの方式が成功し、彼らは莫大な利益を上げることができるようになっていた。農業から商業へと生業を変え、ロシアとの貿易に乗り出したミジトには先見の明があったと言えるだろう

彼は一年九か月という長い時間をかけて、妻と第二夫人の息子で十四歳になるハサンを伴い巡礼《ハッジ》に出かけたのだが、この巡礼の行程が非常に興味深いので、彼らのあとを追ってみることにしたい。

一九〇二年三月、三人はシャメイ〔現カザフスタンの都市〕に行く隊商とともにトルファンを

出発した。ミジトもトルファンから綿花、羊毛、皮、乾燥果実を運んで行きシャメイで売りさばき、かなりの利益を得た。これがハッジの資金となる。

シャメイでカザン〔現ロシア連邦のタタールスタン共和国の首都〕から来たタタル人商人と知り合った。彼に巡礼の話をすると、カザンから巡礼に行く友人たちがいるという。その商人は次の日にカザンに戻るということだったので、三人は彼に付いてカザンに向けて出発し、十日後カザンに到着し、その商人の口添えで巡礼団に加わることができた。

陸路は苦痛が伴うということで、遠回りになるが海路をとることにして、一行はカザンから船でボルガ河を南下し、アストラハン〔現ロシア南部の都市〕に着いた。そこから馬車を借り切り、一路西へ向かい、黒海沿岸の都市に到着。船に乗り換え数日後にイスタンブールに着いた。一行はイスタンブールで一週間の休息をとる。ミジトはこのとき、大きな書店で欲しかった本を何冊も手に入れることができたことを喜んだ。

一行は再び船に乗り、一週間後にエジプトのアレクサンドリアに着いた。そこからスエズ運河を通って紅海に入りジッダへ〔現サウジアラビアの都市〕で下船し、メッカに至った。

ここで三人は巡礼団と別れ、メッカを参詣したあとメディナに向かった。メディナで一年間滞在することにし、ミジトは商売をしながらマドラサで勉強し、ハサンは宗教学校に入り、エレムスィマハンは借家で家事をこなす合間に、大家の妻〔彼女は女性モッラーであった〕のもとで毎日勉強を続けた。

一年が経ち、犠牲祭が始まる一週間前にメッカに戻り、無事ハッジを果たした。犠牲祭はイスラム暦の第十二番目の月、巡礼月の最後の四日間に行われる。イブラヒム（アブラハム）が息子を神への犠牲として捧げようとした故事に由来する祭りで、家畜が屠《ほふ》られて神に捧げられ、貧しい人々に配られる。この巡礼月に巡礼することをハッジといい、それ以外の月に巡礼することはウムラという。ハッジを行った男性にはハージー（ハージュ）、女性にはハーッジャ（ハーッジャン、ハーッジー）という尊称が与えられ、名前の後に付けて呼ばれる。

三人はメッカから北に向かいイスラム教徒の聖地でもあるエルサレムに行き、アクサのモスクを訪れ、数日間滞在した。そしてレバノンのベイルートに行き一週間滞在し、ラクダに乗ってシリアのダマスカスに行き、数日滞在して聖地とされている場所を巡礼した。そのあと再びラクダに乗り十数日かけてバグダッドに到着した。

バグダッドに到着したときは六月であった。あまりの暑さに耐えきれず、すぐにバスラに行った。バスラから船に乗りアラビア海を進みインド洋に出て、インドのボンベイに到着した。

ボンベイも暑くて、すぐに気候のいい北のカシミールを目指し、スリナガルに七月末に到着した。スリナガルで二週間休息を取った。そのとき八月にカシュガルに行く隊商があるという情報を聞き、隊商の総元締めをやっている人物に会いにいき、五頭のラクダを貸してもらえることになった。三人はそれぞれラクダに乗り、二頭のラクダに荷物を積んで、隊商と共にカシュガルに出発した。二か月弱でカシュガルに着き、一週間休息したあと、トルファンに向かった。

そして一九〇三年十二月初めにトルファンに帰りついた。

偶然知り合った人々を頼りにするという行きあたりばったりのような旅のような感じを受けるが、今から百年以上前の旅というのはこのようなものだったのかもしれない。それにしても、すでに大商人として名を成し財を成した人物が、五十五歳でマドラサに入学して一年間も学んだというのは驚きである。メッカでも商売をして利益を上げたというのが彼のしたたかな商人魂を示している。そして、わざわざインドを経由して帰国したのは、彼が外の世界に対する並々ならぬ好奇心を持っていたことを物語っている。

アブドゥハリクに影響を与えた人物がほかにもいる。それは祖母のエレムスィマハン（一八四八〜一九三四）である。アブドゥハリクには兄が一人いたが生まれて一年も経たないうちに亡くなった。ミジトとエレムスィマハンは、アブドゥハリクに弟ができて一年が過ぎたとき、娘夫婦と相談して溺愛していたアブドゥハリクをしばらく自分の手元に置いて育てることにした。表向きは二人だけの生活が寂しかったから、ということになっているが、最初の子供を亡くしている娘が、三番目の息子の育児に専念できるようにとの気遣いをしたのかもしれない。

こうしてアブドゥハリクは二歳から六歳までを祖父母と暮らすことになるのだが、この時期に祖母から受け継いだ文学的遺産は計り知れない。

エレムスィマハンは教養ある女性だった。多くの昔話も知っていて、語って聞かせるのも得意だった。アブドゥハリクが寝付くまで毎晩お話を聞かせる習慣がついて、彼女のお話を聞くまではどんなに遅くなっても彼は眠らなかった。「今日は用事があって遅くなるから早く寝なさい」と言い聞かせても、この孫は頑として自分の習慣を変えなかった。このときエレムスィマハンはアブドゥハリクの頑固で一途な性格を見抜いていたという。

三　ピルチェンギの再来

ある晩のこと、エレムスィマハンは孫に「ピルチェンギ」のお話を聞かせてやった。

昔々その昔、たくさんの弟子を持っているピルチェンギという歌の名手がいました。ピルチェンギの歌声を聞くと涙を流していた者の涙が止まり、悩んでいた者は悩みを忘れ、戦争をしていた者は戦いを止めるほどでした。

あるときピルチェンギが墓場のあたりを通っていると、嘆き悲しむ声がどこからか聞こえてきました。その声をたどっていくと、死人たちの魂が泣いているのだとわかりました。「毎晩やってくる天使にいじめられているのです」と魂は訴えました。ピルチェンギが歌を歌ってやるとすぐに死人たちの魂は慰められ、嘆きの声が止みました。

これを知った天使が怒って神様におうかがいをたてたところ、「ピルチェンギの足を縛って歩けなくせよ」と命じられました。ところがピルチェンギは足を縛られたまま這《は》って墓場に行き、歌を歌ってやりました。弟子たちがやめてくださいとお願いをしましたが、ピルチェンギは聞き入れませんでした。そしてこう言いました。

「お前たちは昼間、生きている人たちのために歌を歌いなさい。私は苦しんでいるすべての人々の魂を慰めるために歌います。人々が永遠の平和を得られるように願って歌います。私は決してあきらめません。」

ピルチェンギのことばをこっそりと聞いていた天使はあきらめて天に戻っていきました。そのあとピルチェンギの弟子たちは天山山脈の北、南、トルファン、タリム盆地に飛び立ち、そこに住みつきました。だからウイグルの子供たちは言葉を話すようになるとすぐに歌を歌い、歩けるようになるとすぐに踊れるようになるのです。


ピルチェンギのお話を聞いてアブドゥハリクは、「ピルチェンギがかわいそうだ」と言って泣きだしてしまった。「どうして神さまはいい人を苦しめるの？」という孫の質問に、エレムスィマハンは「これはほんとうの話じゃないから」、となだめて寝かしつけるしかなかった。

翌日、いつもより早起きをしたアブドゥハリクは、祖母に自分が昨夜見た夢の話をしはじめた。

夢の中で彼はピルチェンギに会った。自分を弟子にしてくれと頼むと、ピルチェンギは、「お前は子供だから弟子になるのは早すぎる。学校に行って勉強したら必ず弟子にしてやると言った」、というのである。そして祖母に、早く字を教えてくれとせがんだ。

まだ早すぎるから後で教えてやる、とその場をしのいだ祖母だったが、そのあとアブドゥハリクが曲がりくねった文字を書いているのを見て驚いてしまった。ミジトはロシアに行くたびに、教科書やノート、えんぴつ、筆入れ、カバンなどを土産に持ち帰っていたのだが、アブドゥハリクは祖父からもらったカバンの中からノートを取り出し、教科書を見て、それをまねて書いていたのだ。

エレムスィマハンはこのとき、孫の望みどおりきちんと文字を教えてやるべきだと考え、それからは毎日規則的に教えてやることにした。アブドゥハリクは何時間も集中して勉強し、六歳になって(1)カズィハナ・モスク内の宗教学校に入学したときには、すでに文字の読み書きが完璧にできるようになっていた。

アブドゥハリクは成長したとき、自分がピルチェンギの夢を見たと祖母に話したことなど、おそらく覚えてはいなかったであろう。だが、他人の痛みを自分のもののように感じ、力を尽くして彼らを助けようとする彼のその後の生き方を見ると、彼はピルチェンギの再来ではないかと思われる。ひょっとしたらピルチェンギのお話は幼いアブドゥハリクの心の奥深くに、将来の自分のあるべき姿として描きこまれたのではないだろうか。

（1）カズィハナ・モスクはトルファン新城にあるモスク（一七四七年建設）で、トルファン民衆蜂起のときにはモスク内のマドラサがトルファンにおける司令部として使われた。六本の尖塔を持ち、ウイグルの民族的特色が見られる美しいモスクとして有名（六頁挿画参照）

四　教育／最初の留学

子供自身が持っている資質も重要だが、家庭環境が子供の成長に及ぼす影響が大きいのは周知の事実である。ミジトは非常な読書家でたくさんの本を集めていたが、娘婿であるアブドゥラフマンも、岳父に負けず劣らずの読書家で蔵書も多かった。それで彼らの家には自然と文学愛好家が集まるようになり、長い冬の夜には文学の集いがしばしば催された。時には有名な詩人が招待され自分の詩を披露することもあった。

ミジトはこれを「長い夜を短くする会」と名付け、アブドゥラフマンが「お義父《とう》さん、今日はちょっと長い夜を短くしましょうか」と言うと開催が決まり、招待客を呼びに使いが走らされた。

この文学の集いにアブドゥハリクは同席を許された。彼は祖父の傍らにじっと座り、飽きることなく次々と朗読される物語や古典詩に聞き入った。アブドゥラフマンは良い声をしているというのでよく朗読役を仰せつかった。アブドゥハリクはこうして、有名な文学者や詩人の作品を、何年にもわたって聞きながら大きくなったのである。詩人となるための理想的な天才教育が、知らず知らずのうちに行われていたのだ。

文学の集いが終わると、客たちには食事がふるまわれた。そして食事が終わると近所の者たちは自宅に戻り、遠くから来た客のためには宿泊用の部屋が用意された。ミジト家がいかに裕福であったかを物語っている。ミジト家の財力を示す例はまだある。

アブドゥハリクが七歳になったとき、「割礼式のお祝い」が盛大に行われた。割礼とは男子の性器の包皮の一部を切除するもので、イスラム教徒には宗教的な慣行として義務付けられている。

当日の朝早く、家の門の上でスナイ吹きが、スナイ〔チャルメラ〕でナワー・ムカームのメロディーを吹きはじめた。これに数人がナグラ〔太鼓の一種〕を叩いて加わり、トルファンじゅうに割礼式のお祝いが通知された。中庭には大きな鍋が出されポロ〔米に肉や野菜を入れて炊込む料理〕がつくられ、牛一頭、ヒツジ三頭分の肉料理が用意された。午前中からひっきりなしに祝い客が訪れ、正装して座っている少年アブドゥハリクにお祝いのお金が渡された。割礼が無事に終わり夕刻になると、ルクチュンから呼ばれた有名なムカーム演奏家とその弟子たち

[2]がウッシャク・ムカームの演奏を始め、その宴は朝まで続いた。翌日も訪問客が途切れることなくやって来て、同じような宴が催された。

　このときに、メフスト・ムヒティ（一八八五～一九三三）も祝い客の一人としてミジト家を訪れている。彼はミジトの商売仲間である大商人で、後にトルファン民衆蜂起を率いることになるのだが、「強い子は泣いたりしないんだよ」と頭を撫でてやった少年が、後に社会改革を目指して共に戦う戦士になることを、このときはまったく想像もしていなかっただろう。

　話をアブドゥハリクの教育に戻そう。祖父ミジトと父アブドゥラフマンは、アブドゥハリクの教育には惜しみなく金をつぎ込んだ。

　アブドゥハリクは六歳になったとき、カズィハナ・モスクの中にある学校に入学した。学校といっても基本的な読み書きが教えられ、主に宗教教育がなされるだけのところで、アブドゥハリクは入学したときすでに字が書けるようになっていたので、普通の子供が一年から二年かけて学ぶことを半年でマスターしてしまった。学習スピードがあまりにも早いので、彼には特別にコーランの暗唱とアラビア書道の授業が加えられた。

　一年後に孫がコーランを暗記してしまったというのでミジトは大喜びして、先生にヒツジを一頭とラシャのオーバーを贈った。それから一年後、初級の宗教コースの授業を終え優秀な成績で学校を終えたときは、ミジトとアブドゥラフマンが先生に一〇〇両と四着のトンを贈った。トンというのは正装用として着用できる丈の長い前開きの上着で、昔から報奨として与えられることが多かった。

八歳のとき、アブドゥハリクはカズィハナ・モスクのマドラサに入学した。八歳でマドラサに入学するというのは異例のことで、アブドゥハリクのマドラサ入学はトルファンじゅうの話題になった。このマドラサの校長はヘミドゥッラ・エレム（一八七四～一九三三）で、アブドゥハリクの才能、勤勉な性格を高く評価し、卒業後も彼の良き相談相手となった人物である。

アブドゥハリクはマドラサでも熱心に勉強し、十二歳で優秀な成績を修めて卒業した。これを喜んだミジトとアブドゥラフマンはマドラサに多額の寄付をし、学生たちにも小麦と油、薪、石炭を配った。そしてマドラサの先生たちを招待して盛大な宴を催し、先生たちに上等のトンを贈った。

普通ならばマドラサを修了した時点でもう十分勉強したと言えるのだが、アブドゥハリクの学問への欲求は消えなかった。五十五歳でマドラサに入って勉強した祖父ミジトは、孫のこの学問への欲求を最も理解した人物であっただろう。彼はもう少し勉強を続けさせてやりたいと思っていた。

実はこのころ、ミジトやメフスト・ムヒティたち大商人は、実学的な学問の必要性を感じていた。ロシア人相手の商売では、物々交換的な取引が徐々に姿を消し、「会社」を相手にしなければならない取引が増えていた。会社と取引をするためには、契約書の作成や必要書類を作り交渉できる人材が必要である。ミジトたち大商人は、世界が変化していることを肌で感じていたのである。

　当時トルファンには新式学校が一校もなかった。新式学校というのは、今で言えば数学、理科、社会といったような自然科学、社会科学に関する学問を教えるところである。イリやアクスにはすでに富裕な商人が資金を出して学校を建て、ロシアから教師を招いて教えている新式学校があった。近代的な工場を作るには科学的な知識を持っている人材が必要である。すでにイリでは皮製品の工場が建てられ、今までは材料として輸出していた皮を皮製品にして高値で輸出できるようになっていた。

　ミジトは自分と同じ考え方を持つ数人のトルファンの商人と資金を出し合って、トルファンで第一号となる新式学校をつくることにした。イスや机、黒板のある新式学校が、一九一三年三月、アブドゥハリク十二歳のときにめでたく完成した。生徒として商人の息子たち十六人が集まった。イリの学校で教えた経験を持つシェリプジャン先生がやってきた。先生の月給は一〇〇両だった。一〇〇両がどのくらいの価値を持つのかわからないが、妻と子供一人を養うには十分の給料であったことはまちがいない。

　シェリプジャン先生は一人一人に合わせて熱心に教え、生徒たちは新しい学科に興味をそそられ、大いに勉強した。だが、盛大に開校式をやって開かれた新式学校は、五か月後、明らかに宗教関係者と思われる暴徒によって破壊されてしまい、あっけなく幕を閉じた。屋外にいた生徒たちは無事だったが、暴徒たちの破壊行為を止めに入ったシェリプジャン先生は彼らに襲われ重傷を負った。

トルファンで第一号の新式学校が破壊されて二か月後、どうしても学校が必要だと考えていたメフスト・ムヒティは、自分の家のあるアスターナに新式学校を作った。彼がつくった学校は「メフスディヤ学校」と名付けられた。だが、ここでアブドゥハリクが学ぶことはできなかった。初歩から学ぶ生徒たちとの学力に差があり過ぎるというのがその理由だった。招聘されたモスクワ大学卒業のレティプ・エペンディはアブドゥハリクの学力を見るために試験をして、「この子は小学課程ではなく中学課程の勉強をすべきです」と言った。結局弟のアブドゥケイユムはだけが入ることになった。

ミジトとアブドゥラフマンは、アブドゥハリクに勉強をどうやって続けさせようかと相談した。その結果、メフスト・ムヒティの友人でモスクワ大学を卒業したエリー・イブライモフというタタル人青年を家庭教師として雇うことにした。彼はウイグル語を知らなかったが、タタル語とウイグル語はテュルク語系の言語に属しているので似ている単語も多い。彼がアブドゥハリクにタタル語を教え、彼もウイグル語を学び、意志の疎通が難なくできるようになってから、ロシアの中学課程の学科が教えられることになった。

アブドゥハリクはこのときも、学ぶことが楽しくてしかたがないというふうに自らどんどん学んでいった。そして一年半で中学の課程を終えてしまった。

このエリー・イブライモフは、アブドゥハリクの詩の才能に気づいた最初の人物である。あるとき、アブドゥハリクが休み時間に何かぶつぶつ言っているのでよく聞くと、ナワーイー[3]の詩を暗記していたのだ。アブドゥハリクが文学に興味があることを知ると、彼はタタルの有名な詩人アブドゥッラ・トカイ（一八八六～一九一三）の詩を見せて、詩のことを教えてやった。そして「長い夜を短くする会」にアブドゥハリクを連れていき、彼に、自分で詠んだ民謡のような詩を披露するように言った。ミジトも父親も参加していた人々も、この小さな詩人をほめたたえた。この文学の集いに参加していたメフスト・ムヒティの友人で詩人のネメット・ヘリペ[4]は小さな詩人に、「自分のことばで詩作をするように」というアドバイスを与えた。

詩の才能をみんなに賞賛されたアブドゥハリク少年は、まじめに勉強を続け、短期間で中学の課程を終えてしまった。このあとどうしたらいいかと考え込んだミジトに、エリー・イブライモフがある提案をした。ミジトに、「あなたは毎年ロシアに行っているではないか。ロシアに留学させたらどうか」と言ったのである。

ロシア語が話せるようになれば、自分の商売にとっても役に立つことは間違いない。ミジトは思い切って孫をロシアに留学させることにした。祖母のエレムスィマハンは大反対したが、結局、次の隊商を出す時にアブドゥハリクを連れていくことになった。

一九一六年二月中旬、アブドゥハリク十五歳のとき、ミジトはメフスト・ムヒティやほかの十数人の商人と隊商を組みロシアに出発した。この大キャラバンはウルムチを経由してチョチェクに行き、国境を越え、五月の初めにシャメイに到着した。五月の中旬にロシアの都市ノブゴルドで開催される大交易見本市に間に合うように、二人は荷物を汽船に積み込み、イルティシュ河を北上しオムスクに、オムスクから今度は荷を汽車に移し、カザンに五月十五日に到着。翌日、荷を船に積んでノブゴルドに到着した。

この年の見本市には、外国から来ている商人たちが例年に比べて少なかった。一九一四年に始まった第一次世界大戦の影響を受け、ドイツやフランスやそのほかのヨーロッパからの商人が少なく、目だったのはイギリスとユダヤの商人だった。ミジトとメフスト・ムヒティはほとんどの荷を自分たちの言い値で売り、莫大な利益を手にした。

二人はどこに行くにもアブドゥハリクを伴って行った。カザンで一度アブドゥハリクが迷子になったからである。「自分から離れるな」と言ってミジトが知り合いと立ち話に興じているあいだ、退屈したアブドゥハリクが近くの書店に入り込んでしまったのだ。

四日目の夕方、三人はモスクワに向かった。ミジトとメフスト・ムヒティはアブドゥハリクにモスクワの街を見物させ、一週間後、荷を汽車に積んでモスクワを後にした。大都会モスクワの光景は、おそらくアブドゥハリクに強烈な印象を残したことだろう。

ミジトは孫をモスクワかカザンの高校か大学に入れたいと思っていたが、メフスト・ムヒティの提案で、まずはロシア語を勉強させようということになり、シャメイのロシア語学校に入れることにした。シャメイで懇意にしている知人の家に下宿させ、そこから通わせることにした。

偶然にも知人にはアブドゥハリクと同年代の息子がいた。二人はすぐに仲良くなり、彼にロシア語を毎日教わったおかげで、アブドゥハリクのロシア語は見る見るうちに上達した。九月の入学のときの試験で、二年生に飛び級を許されるほどだった。担任となったアンナ先生は勉強熱心なアブドゥハリクをとても気に入り、毎日放課後一時間のロシア語の補講をしてくれた。タタル語のわかるアブドゥハリクのために、友人に頼んでカザンから「タタル語―ロシア語辞書」を取り寄せ、プレゼントしてくれた。アブドゥハリクは辞書を使って語学を学ぶことを覚えた。

次の年の六月に行われた年次テストでアブドゥハリクはすべての学科で合格点を得て、三年生への進級を決めた。ちょうどその日、トルファンから再びミジトとメフスト・ムヒティがやってきた。孫が流暢にロシア語を話すのを聞き、半年で進級できるという知らせを聞いたとき、ミジトは大喜びした。さっそく校長とアンナ先生の家を訪ね、それぞれにトルファンから持ってきた干しブドウやクルミなどの大量の贈りものをし、お礼にと五〇〇ルーブルを渡した。学校には一〇〇〇ルーブルの寄付をした。

アブドゥハリクは意気揚々と三年生のクラスで勉強を始めた。だが、勉強を続けることはできなかった。ロシアの「十月革命」[5]が起こったのである。一九一八年三月、十七歳になったばかりのアブドゥハリクは、シャメイからトルファンへ帰る隊商とともに帰路につき、六月の終わりにトルファンに帰ってきた。

(1)ムカームは古くから各地に伝わる歌、器楽演奏、踊りを組み合わせた民族音楽で、各ムカームに曲調に応じた名前が付けられている。ナワー・ムカームはその中の一つ。

(2)ウッシャク・ムカームもムカームの一つ。

(3)ナワーイー　Mir Alishir Nawai（一四四〇頃〜一五〇一）、ティムール朝スルタン・フセインの宰相で、学者、音楽家としても有名な詩人。チャガタイ・トルコ語で詠まれた彼の詩は中央アジアに広く伝わっている。

(4)ネメット・ヘリペ（一八八八〜一九六二）は一九三二年に起こったクムルの民衆蜂起に参加し投獄されている。

(5)一九一七年十一月六日（ロシア暦十月二十四日）にペトログラード（現サンクトペテルブルク）で起きた労働者や兵士による武装蜂起を発端として始まった革命で、最終的には一九二二年の共産主義国家ソビエト連邦の誕生を促した。

五　小さな目撃者

幼いときに自分の目で見た光景の幾つかは、何年経っても脳裏に焼き付いている。小さければ小さいほど、その映像は鮮明に残っているものである。

アブドゥハリクは大金持ちのお坊ちゃんとして育ったが、決しておごり高ぶることなくわがままでもなく、「素直な普通の感じの男の子」であった。お昼ご飯に持っていった自分のナンが、ほかの子供たちのとは明らかに違っていたとき、食べたそうな顔をした子供たちと分け合って食べた。最初のうちは馬車で通っていたが、近所の子供たちが「一緒に行こうよ」と誘いに来てからは、馬車で行くことをやめて徒歩で通った。年上の子供たちからも可愛がられていた。

祖母の実家に行って滞在したときも、近所の子供たちの輪に入れてもらって泥だらけになって遊んだ。このように、素直にすくすくと育っていた心優しいアブドゥハリク少年は、激動する時代の小さな目撃者でもあった。

詩人はレンガ職人

アブドゥハリクが八歳になり、マドラサで勉強していたときのことである。夏のある日、マドラサの古い門を取り払って新しい門をつくることになり、生徒がレンガ運びに駆り出された。荷車で街の外から運ばれてくる日干しレンガを、門づくりをしている作業現場まで運ぶ仕事である。アブドゥハリクもみんなと同じ数のレンガを運ぶと言ってからかわれながら、一生懸命働いた。すると、レンガ職人の親方を見た生徒のヌールッラが「あの人は父親の友達のモッラー[1]・

ローズィメットで、一か月ぐらい前に家に来て詩を詠んだ詩人だ」と言った。「詩人があんなかっこうをしているはずがない、お前は嘘をついている」とみんなから嘘つき呼ばわりされたヌールッラは、休憩時間に自分が覚えているという彼のつくった詩を大きな声で得意げに披露した。

哀れ貧しき者たちは　マラリアにかかって倒れても
治す薬は手に入らずに　ただ寝ているほか手立てなし
治ったら治ったで又　力のない手に鎌を持ち
何か月かの仕事を求め　荒れ地に行くほか手立てなし

そばには兄弟も　知っている人もなく
ため息をついても貧しいままで　街では辱めを受けた
日雇い仕事は　朝早くから夜遅くまで
貧しさ故にこの街は　我らには狭いものになる

少年たちが休憩していた場所は静かな場所で、向かいにサムサ屋[2]があった。ヌールッラが大きな声で詩を朗誦しているとき、数人の大人たちが詩を聞きに集まってきた。すると後ろのほうで聞いていた、やっとひげが生えてきたくらいの若者が、涙を流し身の上話を始めた。

彼とその父親はトルファンのチャトカル村で土地を失い、仕事を求めて二匹のロバに荷物を積みウルムチに行った。口入れ屋の紹介で金持ちの地主の家に雇われることになった。ある夜、同じ仕事をしていて親しくなった男がやってきて父親に訴えたところによると、口入れ屋が遠いところの仕事を自分に紹介し、出かけていたあいだに妻を寝取られたというのだ。

若者の父親は正義感の強い男だったので口入れ屋に話をつけにいった。口入れ屋は、いったんは非を認め女の夫に謝ったが、そのあと数人の男と一緒になって父親を襲い、殴る蹴るの暴行をし、足の骨を折る重傷を負わせた。

父親は地主に訴えたが、地主は口入れ屋の嘘を信じ、半年間の賃金も払わずに追い出してしまった。見かねた人たちがお金を出し合ってロバを一匹買ってくれたので、父親を乗せ接骨医を探して回った。そんなときモッラー・ローズィメットに出会った。モッラー・ローズィメットは二人の話を聞いて同情し、医者に連れていってくれたが、時間が経っていたので傷口が化膿していた。チャトカル村に連れて帰ってきて二か月後に父親は死んでしまった。

話を聞いていたアブドゥハリクの心に、土地を奪った人間や口入れ屋、地主に対する怒りが込み上げてきた。そのときサムサ屋が生徒たちにサムサを二個ずつ差し入れてくれた。重労働のあとのサムサの何とおいしかったことか。アブドゥハリクは「この世でいちばんおいしいのはサムサに違いない」と思った。

　日干しレンガを積んだ荷車が来たので、生徒たちがレンガ運びに向かった。とそのとき、門の上から「子供たち、もう少し休んでいなさい！」と声がした。見るとモッラー・ローズィメットが懐から包みを取り出した。そして紙と葦のペン、墨を取り出し、門の上で何かを書きはじめた。何をしているのかとヌールッラに聞くと、「詩人だから詩を書いているに決まっているだろう」という応《こた》えが帰ってきた。

　アブドゥハリクの頭の中に、尊敬するナワーイーのことが思い出された。ナワーイーもあんな風にして詩を書いたんだろうか、と思うと、レンガ職人のモッラー・ローズィメットが偉大な人物のように思われた。そしていつか自分も、あんな風にして詩が書けたらいいな、と思った。

　モッラー・ローズィメットの太い声が頭の上から響いてきた。自分が書いた詩を読みあげていたのだ。

お上《かみ》のための無料《ただ》働きで　土地も水も木も失った
夫を失った妻は　たった一枚のスプラ(3)　たった一本の包丁も失った
お役所に　何度も訴えに足を運んだが

金持ちの言うことが正しいと　貧乏人は棒でたたかれた
これが世の中　この運命　この見世物を見よ

富を求めて　峠を越えて歩きまわる者がいる
借金で　家にいられず逃げ出す者がいる
金のために　命を失う者がいる
悪口を言う者と　空腹を抱える者がいる
これが世の中　この運命　この見世物を見よ

（1）モッラー・ローズィメット（一八六七〜一九三〇）はトルファン出身の詩人。後にアブドゥハリクとも親交を持つようになっている。
（2）サムサは薄く伸ばした小麦粉のドウの中に肉やタマネギを包み、かまやオーブンで焼いたスナック。
（3）スプラは麺を打つときに敷いて用いられる大判の布。

二人の物乞い

九歳になってすぐの二月、アブドゥハリクは友人二人と遠出をすることになった。一人の友人のお使いに付き合うことになったのだ。少年三人がカズィハナ・モスクの前の広場に来ると、人だかりがしているのに出くわした。二人の男がいて、一人はダップ[1]をたたいて歌いながら物乞いをしていた。もう一人のほうは背中が異様に曲がっていた。

おれはルクチュンの出《で》
名はホジャ・エフメット
おれの哀しい身の上を
どうかみなさん　聞いてくれ
（ドゥン　タク　ドゥン　タク）

働いたぞ　働いた
王さまのために働いた
焼け焦げパンをかじり続けて
十一年も　無料《ただ》働きだ
（ドゥン　タク　ドゥン　タク）

王子さまは大きくなっても

おれを馬にして乗りまわし
一日じゅう乗り回し
はしゃぎまわって大喜び
（ドゥン　タク　ドゥン　タク）

四年のあいだ馬になり
とうとう腰が伸びなくなった
この苦しみと　この痛み
大事な命も　もう要らぬ
（ドゥン　タク　ドゥン　タク）

「王さま」と歌われているのは第八代トルファン王のマームット（一八八一～？）を、「王子さま」はその子イミン（？～一九三二）を指している。清朝は一七五九年に東トルキスタン全体の占領を果たすと、「新しく征服した辺境の土地」という意味で「新疆」と名付けた。このときトルファンとクムルにいたウイグル人の王は、清朝がこの土地を平定するのに貢献したというので、ウイグル人を支配する権利をそのまま与えられていた。そして一八八四年に漢族の植民地化を図るために新たな行政機構を持つ「新疆省」が設立されると、トルファンには「吐魯番直隷庁」が置かれ、政府による直接統治を受けることになった。トルファン王は統治権をはく奪されマームットは名目だけの王となっていたのだが、依然として力を持ち「元領民」たちを苦しめていた。その状況には、一九一二年の中華民国成立後も目立った変化は見られていなかった。

ホジャ・エフメットという名のその男は歌が終わると、深いためいきをついた。ふと前を見るとアブドゥハリクが涙を流している。アブドゥハリクはイミンを一度見たことがあった。そのときは自分より三歳か四歳年上の普通の男の子に見えたのに……。彼はアブドゥハリクに、自分たちの境遇を話して聞かせた。するとアブドゥハリクは「王子さまなのに、馬を持っていなかったの?」と無邪気に尋ねた。この問いに何と答えられよう。ホジャ・エフメットはたまらなくなって涙を流し始めた。自分の質問が彼を苦しめたことを深く後悔し、アブドゥハリクは持っていた小遣いをすべて彼に差し出した。

さらされていた首

ミジトたちの手によってつくられたトルファン第一号の新式学校が暴徒に破壊され、アブドゥハリクが家庭教師について勉強していた時期のある日、「トルファン老城《ラオチェン》のお寺の前にある木に、カラゴジャ村の勇士の首が掛けられている」という噂が流れてきた。少年たちの好奇心は恐怖心に勝った。アブドゥハリクたち四人の少年はその噂は本当なのか、人間の首がいったいどうやって木に掛けられるものなのか確かめようと、連れだって長い道のりを歩いて見に行くことになった。

目的地の枯れた大きな柳の木の枝には、確かに一人の人間の首が掛けられていた。十二月の冷たい風に乱れた髪が揺れ、見開かれた目が地面に向けられていた。カラスの一群が木の上で鳴き声を上げ、少年たちは思わず後ずさりした。そのとき、遠くから馬車が全速力で少年たちのところに近づいてきた。馬車を駆っているのはアブドゥハリクの家で働いている御者《ぎょしゃ》のアイトで、父親のアブドゥラフマンも乗っていた。そして、「みんな馬車に乗るんだ!」という彼の命令で少年たちは馬車に乗り込み、それぞれの家に連れ戻された。

首を吊るされていたのはトルファン近郊のカラゴジャ村で農民蜂起を指揮した罪で捕えられたエメットという男で、御者アイトの知り合いでもあった。その日の夕方、アブドゥハリクはアイトから、カラゴジャ村の農民蜂起について詳しい話を聞いた。

(1)ダップは八~一〇センチの木枠の片側に獣皮を張った片面太鼓の一種。直径は五〇センチ前後で、片手で持ち、もう一方の手でたたく。

第二章　一九一八年～一九二三年

一　学堂《シュエタン》時代

ロシア留学から帰ってきたアブドゥハリクは、一週間外出せずに休息をとった。一週間後、外出して街をぶらぶらしていると、幼いときよく遊んでいた回族の友人スン・シャオに出会った。彼は自分が学堂で勉強していると言い、アブドゥハリクにも学堂で漢語を学んだらどうかと勧めた。

学堂というのは「学校」のことで、新疆省が設置されたあとトルファンにも学堂がつくられていた。学堂建設の主な目的は、新疆省に駐在する清朝官僚の手足となって働く通訳や下級官吏の養成であった。

アブドゥハリクは一晩考えたあと、漢語を勉強しようと決心した。そして学堂に入学したいと祖父に告げた。

祖母のエレムスィマハンと母親のニヤズハンは、漢族の学校に行くなどとんでもないと反対した。当時は自分たちの子弟が学堂に通うことに消極的なウイグル人が多かったのである。ミジトは一人では決めかねて、娘婿のアブドゥラフマンに相談した。アブドゥラフマンは、学ぶことが好きな息子がいま宙ぶらりんの状態でいることは良くないし、かといって商売をやらせるには早すぎる。だから学堂に入れてもいいのではないか、と答えた。二人がそのような話をしているとき、メフスト・ムヒティがやってきて、漢語を勉強すれば、将来は上海で商売をやることもできるではないかと賛成した。これでアブドゥハリクが学堂に入学することが決まった。

ロシアから帰国して二か月後、一九一八年九月一日、アブドゥハリクは学堂に入学した。校長は試験をしたあと、彼を二年生のクラスに入れることにした。アブドゥハリクに学堂入りを勧めてくれた友人スン・シャオが個人教授をしてくれたおかげで、彼は漢語の基礎をもう学んでいたのだ。

二年の担任はピチャン出身のウイグル人イブラヒムで、学校ではウー先生と呼ばれていた。彼はアブドゥハリクがロシアに留学したことを知っていた。いろいろな話をしてアブドゥハリクが非常に優秀であることがわかると、彼に哈文才《ハーウェンツァイ》（「文才」とは文学的に秀でた才能を持つ者の意）という漢語名を付けた。学堂の規則で少数民族の生徒には中国式の名前を付けることになっていたからである。ウー先生はアブドゥハリクを年の若い生徒とは離れた所に座らせ、別の課題を与え、授業以外に一時間の補習授業をしてやった。

そのかいあってアブドゥハリクはクラスでトップの成績をとり、翌年の二月には三年生への飛び級が認められた。これにミジトとアブドゥラフマンは大喜びし、校長とウー先生を自宅に招待し御馳走を並べ、たくさんの贈り物をし、学校には一〇〇両の寄付をした。

翌年の九月、アブドゥハリクが所属していた四年生クラスを、北京から赴任してきたベイ先生が担当することになった。彼は優秀なアブドゥハリクに興味を持ち、休み時間によく話すようになり二人は急速に親しくなっていった。彼との出会いで、アブドゥハリクは五・四運動[1]のことや魯迅[2]の『狂人日記』の存在を知った。さらにベイ先生は北京からこっそりと取り寄せた『東方雑誌』[3]『新青年』を見せてくれた。

彼がベイ先生から学んだのは漢語だけではなかった。おそらくこの時から徐々に彼の心の中には、自分の未来の姿が見えはじめていたのではないだろうか。学堂を卒業してからもベイ先生との付き合いは続き、『水滸伝』や『紅楼夢』といった漢語の古典から孫文[4]の著作まで読むことができるようになった。

一九二二年六月一〇日、二十一歳になったアブドゥハリクは学堂をトップの成績で卒業して街中の話題となった。街の人々はきっとアブドゥハリクは偉い官僚になるに違いないと噂し合った。事実、トルファンの行政庁から「ぜひ採用したい、ついてはウルムチから正式な辞令が来るまでの期間、手伝いとして働いてくれないか」と打診されたが、彼はこの要請を断っている。

祖父や父親がアブドゥハリクにここまでの教育を受けさせたのは、自分たちの商売を継いでさらに大きくしてくれるであろうと期待したからである。ところが彼は家族の期待を見事に裏切った。呼びに行かなければ食事も忘れて一日中部屋にこもり、本を読んだり書き物をしている彼の姿に、家族は最初のうちは心配していたが、次第にその状況にも慣れていった。やがて食事を妻が彼の部屋に持っていくようになった。そのほうがアブドゥハリクのためにいいだろうと、父親が判断したからである。アブドゥハリクは学堂で学んでいるときに結婚しているのだが、この結婚については後の章で触れることにしよう。

アブドゥハリクは何日も外出しないことがあったが、決して内向的で偏屈だったわけではない。親しい友人もいて、街に出るといろいろな場所できさくに人々と会話ができる普通の青年であった。すでにもう詩人として有名になっていて、街で雑談をしているときに何か詩を詠んでくれないかと頼まれ、即興で風刺詩などを詠むこともあった。

そのようなアブドゥハリクに「お前はいったいこれから何をするつもりだ」と祖母のエレムスィマハンが尋ねた。「もう十分に勉強はしたから、そろそろ働くことにしたらどうか。店でも開いたらどうだろう」と彼女が言うと、この孫は、「商売人というのはよく動きよくしゃべる性格でなくてはならない。自分の性格にはとても合っていない。それに、自分は商売人のように嘘をついたり人を騙したりするのがいやだ。本当のことを言って死ぬほうがいい。嘘をついて生きるのは恥だ」と応《こた》えた。

これを聞いてエレムスィマハンは驚きあきれかえった。エレムスィマハンならずとも、このような言を聞いたらあきれない者はいないだろう。まるで商売人が詐欺師だと言わんばかりではないか。「貿易も一種の商いである。その商いのおかげで今まで勉強を続けることができ、結婚して所帯も持つことができ、労働をしなくても生きていけるご身分なのに、何たる言い草だ」、と普通の感覚の持ち主であったら思うはずだ。

だが、アブドゥハリクの家族はこの時以来一度も、アブドゥハリクに働くことについての話を持ち出さなかった。彼が商売を継がなくても下にはまだ息子がいるからかまわないと思ったのかどうか。それどころか、彼が家にいて何かをしているときには、部屋の近くで大声を出して騒いではいけない、とのお達しさえ出された。後にアブドゥハリクがもう一度留学したいと言ったときも、新式学校をつくったときも、父親は資金的な援助をしている。まるで、アブドゥハリクがこれからやろうとしていることに協力するのは、自分たちの義務であると思っているかのようである。

いつ詠まれたのかわからないが、彼が遺《のこ》した四行詩がある。

駆け引きなんぞ学ばずに　余分な利益は受け取るな
五で買ったものを十で売れば　もうそれで十分だろう
子供たちを　宗教教育のためサマルカンドやブハラに送る
そんな者らの頭を　清めの池で冷やしてやれ

(1)五・四運動は一九一四年五月四日の学生デモを発端として起こった抗日・反帝国主義を唱える大衆運動。

(2)魯迅(一八八一〜一九三六)は浙江省出身の文学者。日本に留学して医学を志すが、のち文学に転じ、『狂人日記』『阿Q正伝』などの傑作を世に送り出した。

(3)『東方雑誌』は一九〇四年から一九四八年まで、『新青年』は一九一五年から一九二二年まで上海で発行されていた雑誌。

(4)孫文(一八六六—一九二五)は清末の革命指導者。三民主義を唱えて革命運動を推進し、辛亥革命により一九一二年中華民国の臨時大総統となった。

二　伴侶

アブドゥハリクは一九一九年の秋、十八歳で十六歳のアイムハン(一九〇三〜一九二九)と結婚した。

その年の春、友人のもとを訪れたとき、果樹園の散歩の途中でアイムハンを見かけて一目で恋に落ちた。アイムハンに出会って以来、彼は悶々とした日々を送るようになった。そのような日々に彼は一篇の詩を詠み、それをきれいな文字で清書して、友人の妹を通してアイムハンに手渡した。

アブドゥハリクの普段とは違う様子に母親が気付いた。両親が息子の友人に、息子の様子がちかごろおかしいのだが、何か理由を知っているかと尋ねて、はじめて息子が恋をしていることがわかった。相手は誰かと聞くと、イムティヤズという人物の娘、ニヤズハンだという。両親は驚いた。二年前から息子の結婚相手にと考え、結婚の話を進めようとしていたその当人だったのである。何という幸運な出会いだったことか。

その年の秋、アブドゥハリクとニヤズハンの結婚式が盛大に執り行われた。彼女はアブドゥハリクの母親と同名だったので、結婚後にアイムハンと改名した。

アイムハンに贈られた詩は結婚後に、アイムハンの友人が次から次と書き写し、広く友人たちのあいだに知られるところとなった。それが詩人の最初の詩「ウイグルの娘よ」である。

ああ　美しい人よ　お前に出会ったその夜　驚きに我を忘れた
お前の顔は満月のように　光り輝いていた
お前を一目見ただけで　恋におちた
水仙のようなその目が　稲光のように輝いた

お前が少しでも動くと　その髪が美しく波打つ
愛を恵んでくれと願い　ただ涙を流すしかなかった

アブドゥハリクは幼いときから古典詩に親しみ、自分でもあれこれ真似《まね》たような詩をつくっていた。だが、アイムハンに出会い彼女に強く魅《ひ》かれ、気持ちを何としても彼女に伝えたいと思ったとき、初めて自分のことばで詩を詠むことができた。「ウイグルの娘よ」をつくったあと、川の水が堰を切って流れるように、彼は次々と詩を発表していった。アイムハンとの出会いが彼に詩を生み出す力と霊感を与えたことは確かである。そのことをいちばんわかっていたのは、彼自身だった。

三　闘う詩人の誕生・タハッルスはウイグル

一九二一年の秋、中華民国政府は北京で開く国民大会に、ウイグル族、カザフ族などの少数民族にも代議員を選ぶように言ってきた。トルファンからも一名を選ぶとなったとき、まだ若いながらすでに人々からの信頼を得ていたアブドゥハリクが選ばれた。彼は学歴も申し分なく、穏やかな性格で謙虚で、どのような職業の人々とも分け隔てなくつきあっていた。時には彼らから相談ごとも引き受けて、解決するための適切なアドバイスもしていたので、人々は彼を頼りにしていたのだ。

だが、このことを快く思わなかった者たちがいた。地主や宗教関係者、役人たちなど、巧妙なやり方で民衆から搾取を続けていた者たちである。彼らは新疆の最高権力者となっていた楊増新《(1)ヤンゾンシン》にわいろを贈り、アブドゥハリクは好ましくない人物だから選ばないほうがいい、と要望書を送ったのである。楊増新は当然のように彼らの要望にこたえ、アブドゥハリクの選出を取り消した。だが、トルファンに一名割り当てるとまた内部で騒動が起こるかもしれないと思い、代表者の枠をトクスンにまわすことにした。

代表者がトクスンから選ばれることが決まったとき、アブドゥハリクの代表団入りを阻止した者たちのあいだで仲間割れが起こり、罵しり合いが始まった。これを見ていたアブドゥハリクは深く憂いて、「有る」という題の詩を詠んだ。

無知ゆえに　いつの日か必ず　我らには苦難が訪れよう
教えてくれ　我らのいまの在様《ありよう》の　どこに　どのような価値が有る

時局を見極めることもなく　誰かを　郷約《(2)シャンヤウ》にしては
彼に怒りや不満をぶちまける　それだけが有る

我らの間には　互いを助け　支え合うどころか
立ち上がる者の頭を　たたいて倒す悪習だけが有る
…………
ふるさとの苦しみに　我らはほんのわずかの役にも立たぬ
いつかその日がやって来たら　悔んでも悔みきれない後悔が有る
もういい　アブドゥハリク　心煩わせるな　弱音を吐くな
その日が来たら　我らには苦痛を受け入れる覚悟が有る

この詩を最初に見たのは妻のアイムハンだった。夜が更けても部屋に戻ってこない夫を気遣い書斎に上がっていくと、アブドゥハリクが書いたばかりの詩を見せてくれたのである。彼女は「ここに書いてあるのは、みんな本当のことですよね」と優しく微笑《ほほえ》んだ。アブドゥハリクは自分の詩をよく彼女に見せていた。彼女がどんな批評をしたのかわからないが、非常に記憶力が良くて、夫が見せてくれた詩をすぐに暗記したと言われている。

(1)楊増新（一八六四〜一九二八）は清朝末期に新疆に赴任した官僚で、中華民国成立後も新疆にとどまり、事実上新疆を独裁的に統治し、反体制派を弾圧した。

(2)郷約とは村落の一般行政事務に当たらせるために設けられた役職。新疆省が設立されたあと、それまでのベグと呼ばれていたウイグル人役人の中から選ばれた。名前が変わっても権威をふりかざして数々の不正を働く者が多かった。

翌年の秋のある日、アブドゥハリクが学堂をトップの成績で卒業した後のことである。友人たちがアブドゥハリクの家に遊びに来たとき、彼は詩をつくったと言って披露した。「目覚めよ」「望まない」「心が萎《な》えた」の三篇の詩である。

目覚めよ

ああ　ウイグルよ　眠りは足りた　目覚めよ
お前に失う物はない　あるとすれば　それは命
死の淵から　お前自身を救わねば
ああ　お前を待つのは　身の危険

お前のことが心配で　起こそうとしているのに
耳を貸そうとはしない　いったいどうしたんだ?

「ああー!」と嘆いても　もう遅すぎる
その時にやっと　ウイグルの言葉を認めるだろう

このときアブドゥハリクは友人たちに、自分のタハッルスを「ウイグル」に決めたと告げた。タハッルスというのはペンネームのようなものである。「危険から逃れる」というアラビア語に由来することばで、もともとは素性を隠すために使われていたのではないかと言われているので、その意味では本来の意味のペンネームと共通の性質を持っている。

ただ、古典詩の詩人がタハッルスを使うときには、ペンネームとは違う意味が含まれている。アブドゥハリクは「目覚めよ」を「ガザル」と呼ばれる定型詩の詩型で詠んでいるのだが、ガザルは二行の詩がいくつか積み重ねられてできあがる詩で、最後の二行に詩人は自分のタハッルスを詠みこむことになっている(タハッルスのないガザルも稀に見られる)。

タハッルスは詩人が自分自身に呼びかける意味で使われたり、掛け言葉として使われたり、詩の中で重要な働きをするものなのである。どういうタハッルスを選択するかで詩人の詩作における意図が示されることになる。

アブドゥハリクは友人たちに説明を続けた。

「ウイグルということばには、もともと『混合、団結』という意味があった。我々ウイグル人には、二十四の部族から成り立っていたオグズ・ハン(1)を祖先とする言い伝えがあるではないか。カシュガル人だ、トルファン人だと言っていないで、ウイグル人が団結することが大事なのだ。」

アブドゥハリクの詩には、このあとたびたび「ウイグル」が登場してくる。自分を鼓舞するために自分自身に呼びかけている場合もあるし、すべてのウイグル人へ呼びかけているものもある。タハッルスを「ウイグル」としたことは、「これから自分は闘いを始めるのだ」、という強い意志を詩人が表明したことを示しているのである。

アブドゥハルクが闘う詩人として生きる決意をしたことがうかがえる、もう一つのできごとがある。

ガザルは最初の二行が同じ脚韻を踏み、次の二行からは後の行だけが脚韻を踏む。ガザルにはこの脚韻の規則のほか、すべての行が同じ韻律になるように単語をつながなければならないという規則がある。この韻律のことをワザン〔語義は「重量」〕という。簡単に言えば長く発音する音、短く発音する音が組み合わされてできるリズムのパターンのようなもので、いくつかのパターンがあり、ガザル詩人はその中から一つを選び、単語をあてはめていくのである。この技法をマスターするのは容易なことではない。アブドゥハリクがそのようなガザルを詠むことができたのは、幼少期から親しんだ古典詩人の作品の影響が大きい。

アブドゥハリクは、最初のうちはガザルの伝統的な美しい比喩や象徴表現を用い、正統的ガザルを詠んでいたが、社会的な問題を訴えるガザルを詠むようになると、父親アブドゥハリクの言によれば「崩れたガザル」を詠みはじめるようになる。

あるとき、アブドゥハリクと母親が大きな声で話しているのを部屋の外にいた父親が聞きつけ、部屋に入ってきた。両親ともに息子には定職に就いて欲しいと思っていたので少し口論になった。彼は、詩で人々を啓蒙したいという意志を伝えた。父親が「詩なんか書いても役に立たない、みんなはお前が書く百ページの文字より、通訳が話す一言を聞く」と諭すと、「いつかはわかってくれる」と彼も後に引かない。

このような会話をしながら、父親は息子が書いているものをちらりと見た。これまで「詩」と言えば恋愛詩や頌詩がほとんどだと思いこんでいたのだが、息子の書いた詩は現実のできごとを描写した、なかなか良いできばえの詩である。だが父親は、「ワザンが合ってないぞ、重いのと軽いのがあるじゃないか」、と批評した（ワザンは重い、軽いという形容詞を使う）。父親も古典詩に造詣が深いのでガザルを批評できたのだ。

すると詩人は「ワザンが重いとか軽いとかを考えて作っていたら、詩の中身が弱くなってしまう」と即答したのである。このできごとからも、自分は古典詩の枠を外れてでも訴えたいことを詠むのだ、という詩人の強い意志が伝わってくる。

父親は母親と二人で息子の部屋を出ていくが、これからはアブドゥハリクが創作活動に専念できるように気を配ってやるように、と母親に命じた。そのあとすぐに、アブドゥハリクが部屋にこもっているときは、大きな声で騒いではいけない、と小さな子供たちにお達しが出されたのである。

(1)オグズ・ハン(オグズの王)はウイグル人の祖先とされる英雄の名。カシュガル出身の学者マフムード・カシュガリー(一〇三〇頃~一〇九〇頃)は『テュルク諸語集成(Dīwān lughāt al-Turk)』で、オグズを構成する部族数を二十二としている。

四 二度目の留学

一九二三年三月、アブドゥハリクは二十二歳、一児の父親となっていた。だが、彼の学問に対する欲求はいまだ満たされていなかった。ある日のことメフスト・ムヒティに、次はいつロシアに隊商を組んで出かけるのかと尋ねた。もう準備はできたので四、五日後には出発する予定だ、と彼が答えると、アブドゥハリクは、自分がもう一度留学したいと思っていることを告げ、家族にはまだ言っていないと付け加えた。さすがに、これまで惜しみなく費用を出してくれた父親に、さらなる出費を頼むのはためらわれたのだろう。

メフスト・ムヒティには、一回目の留学を中断して帰ってこなければならなかった彼の無念さがよく理解できた。もっと新しい学問をしたい、もっと新しい世界を見たいという欲望を彼が持つのは当然だろうと、その心情を思いやった。それで自分が祖父と父親を説得してやると請け負ってくれたのである。

その日の夜、アブドゥハリクは妻アイムハンに、もう一度留学したいと言った。彼女は一瞬驚いた。そのときアイムハンは妊娠していたのだ。夫がそばにいないときに出産の時期を迎えることを不安に感じ、数年は離れていなければならないことに寂しさを覚えたはずである。だがそれを口に出すことはなかった。彼女は夫が純粋な情熱を持っている人物であることをよく知っていたのである。彼女は心から夫を愛し尊敬していた。「女の子に勉強はむだだ」という考えを持つ父親のせいで読み書きがあまり得意ではなかった彼女に字を教えてくれたのは夫だった。彼女は「私はあなたの留学には反対しません。どうかあなたの目的を果たしてください」と夫に告げたのである。

翌日、アブドゥハリクは父親に留学の意志を告げた。すでにメフスト・ムヒティから聞いていたのだろう、反対はなかった。だが祖父母は反対した。祖父ミジトは自分が病気がちになっていることで気弱になっていたのだろう。祖母はもうこれ以上勉強しなくてもいいではないかと反対した。だが、反対してもアブドゥハリクが意志を曲げないことは、彼女自身がよくわかっていた。

一九二三年三月末、アブドゥハリクはメフスト・ムヒティと共にトルファンを出発し、五月末にシャメイに到着した。そしてモスクワの東方勤労者共産大学[1]に入学し、三年間の留学生活を送ることになったのである。

(1)東方勤労者共産大学は一九二一年四月にモスクワに設立された学校。その中に中国人クラスが設けられ、中国から多くの留学生を迎え入れていた。一九三八年に閉鎖されている。

第三章　一九二六年～一九三二年

一　啓蒙活動の開始

一九二六年八月、モスクワ留学を終えてアブドゥハリクは故郷に帰ってきた。「アブドゥハリクがロシアから帰ってきたぞ」というニュースが伝わるや、家族や親戚、友人、知人がトルファン新城《シンチェン》の西門の外にまで出ていって彼を迎えた。

三頭立ての馬車に乗って帰ってきたアブドゥハリクは堂々としていて、もう押しも押されもせぬトルファンの名士であった。モスクワから帰国したあと、彼は髪を伸ばしひげを剃っていた。外出のときには中折れ帽をかぶり背広を着るようになった。当時のイスラム教徒の男性は、頭髪を剃ってひげを伸ばすのがいいとされていた。親戚の少年が「街のみんなが、『アブドゥハリクはロシア人のかっこうをして髪も伸ばしているなんて、いったい何を考えているんだ』と噂し合っている」とご注進に及ぶと、「このようなかっこうは、ほかの国々では少しも珍しいものではない。これが文化だよ」と大きな声で笑ってこたえたという。

アブドゥハリクはモスクワ滞在中に、ロシア文学の数々の名作を読破し、新聞、雑誌で世界の情報を得ることができた。エルミタージュ美術館に陳列されている、トルファンの遺跡から発掘された出土品を見たときは、我々の祖先はこれほどの素晴らしいものをつくりだしていたのだ、と感激した。だが、帰国して改めてトルファンの民衆の生活とロシア人のそれがあまりにも差があることに気づき愕然とした。モスクワでは立派な建物の小学校があるのに、トルファンには一つもない。進歩する世界の中で、自分たちだけが取り残されてしまっているような思いにとらわれた。

アブドゥハリクは啓蒙活動をするために、まず印刷会社を作ろうと考えた。雑誌や本を刷って新しい知識を広めることができるからだ。だが楊増新《ヤンゾンシン》が啓蒙活動を厳しく禁止していた時期であり、その望みは当然のことながらかなわなかった。

楊増新という人物は、漢語の資料をもとにして書かれた本では、「新疆の（十数年の）平和は楊増新という一人の優れた地方官僚の手腕に帰するといって過言ではない」、とか、「（楊増新は）良心的な能吏であり、清朝時代は甘粛省の県長として立派に職責を果たし楊青天（潔白）と呼ばれた」、などと評価されている。だが、彼の「優れた手腕」や「良心」は、ウイグル人やその他の少数民族のためには向けられなかった。事実は、[1]「テュルク系ムスリム住民による政治的活動を阻害し、近代的な改革運動を弾圧したことで知られる」人物なのである。

アブドゥハリクはウルムチで事業に成功している名士たちのアドバイスを求めることにした。彼らは政治家ともつながりがあり協力してくれるのではないかと思ったからである。そのころ、すでにアブドゥハリクはトルファンの詩人として名が知られるようになっていた。彼の詩はマドラサ、商人宿、寄り合いなどでよく話題に挙がった。そのころの詩は、書かれたものを目で読むというより、声に出されたものを聞いて楽しむという要素が強いものだった。アブドゥハリクの詠んだ詩は書き写されたり、覚えている者が朗誦して披露し、それをだれかが書いたり覚えたりして別の場所に持っていくというふうにして、各地に広がっていた。ウルムチ、グチュン、マナス、クムルにも彼の名は知れわたり、クムルからは彼のファンだという若者がわざわざ会いに来たりした。

　話を戻すが、ウルムチの名士の協力は得られなかった。アブドゥハリクが有名な詩人であっても、彼らの利益に結びつく人物ではない。体良《ていよ》く断られ、結局失望だけが残った。

　一九二八年七月七日、アブドゥハリクはトルファンに帰る前に、樊耀南《ファンヤオナン》[2]を訪ねようと思いたった。樊耀南は中華民国が成立したあと、ロシア語法政専門学校の視学官長の任にあった。メフスト・ムヒティの友人でもあり、進歩的な考えを持っており、少数民族の状況をよく理解している人物だった。

　アブドゥハリクは街をぶらぶら見物しながら、樊耀南の家を目指して歩いた。都会の商店街は賑やかで目を楽しませてくれる。一休みをしようと、一軒の漢族の男の店に立ち寄った。そして、そこを通りかかったカザフ人たちと雑談をしていると、突然、省政府の庁舎の北のほうから弾丸が発射される音が聞こえてきた。みんなは何事かと耳をそばだてて、音のした方向を見ていた。すると頭にけがをした兵士が一人、庁舎の西側の門に走ってきた。衛兵がすぐに門を開けると彼は中に入っていった。その後から、もう一人の兵士が二丁の銃を手に持ち、足を負傷した兵士を支えながら門の中に入っていった。何事が起こったのかわからないまま、街の人々は危険を感じてすぐに店を閉めはじめ、客たちは急いで家路に向かった。アブドゥハリクもおしゃべりをしていたカザフ人たちと一緒に街の門に向かった。当時はまだ街を防御するための壁が残っていて、新しくできた居住区は壁の外側にあり、そこに住んでいる者は街に入るためにその門を通過しなければならなかったのだ。

楊増新は後に成立した中華人民共和国政府によって「野心家の国民党員」というレッテルを貼られた樊耀南によって暗殺された。アブドゥハリクがあの日聞いたのは、その暗殺現場で発射された弾丸の音だったのである。この事件に関わった樊耀南たちのグループの者はすべて捕えられ、その日の夜に処刑された。彼に関わりのあった者たちは次々につかまった。前日に彼と会っていたメフスト・ムヒティとタヒルベグ(3)は難を逃れた。

民衆を無知蒙昧の中に閉じ込め、専制君主として統治を続けた楊増新がいなくなったことは、アブドゥハリクたちにとってこのうえない吉事であった。彼は精力的に動き出した。メフスト・ムヒティ、ピチャンのイスケンデル・ホジャ(4)たちと一九二七年に「啓蒙連盟」という名の団体を組織していたのだが、そこに学校建設のための寄付金を集め、新式の学校を立てた。メフスト・ムヒティや親友へサミディン・ズペルたちが寄付をした。寄付金の中には、アブドゥハリクの父親が寄付した金も含まれていた。

トルファン新城《シンチェン》にあるニヤズ・セイプン[5]の屋敷内に一校、新城のアクサライ〔地名〕に「自由学校」という名の学校を、次に老城《ラオチェン》の南門の近くに一校を開校した。そしてここで学んだ成績の優秀な若者をソ連各地の大学に留学させ、未来の指導者として育てるのに尽力した。

(1)『中央ユーラシアを知る事典』、平凡社、二〇〇五年、五二〇ページ。

(2)樊耀南（一八七九～一九二八）は早稲田大学への留学経験を持つ進歩主義思想を持つ官僚だったが、一九二八年、独裁政治を敷く楊増進を暗殺し、その日のうちに処刑された。

(3)タヒルベグ（一八七八～一九三八）はトルファン王家（ルクチュンに居城があったことからルクチュン王家とも呼ばれる）の末裔で、開けた考え方を持つルクチュンの名士で、アブドゥハリクの祖父ミジトとも親交があり、よく出入りしていた。

(4)イスケンデル・ホジャは一九二〇年代初めの改革進歩主義者。一九三〇年代にウズベキスタンの中央アジア大学に留学し帰郷してから教育の分野で仕事をした。一九四七年、ピチャン県の県長になり一九五一年に没している。

(5)ニヤズ・セイプンは若いころ仕立屋《セイプン》をしていた人物で、教育の普及に尽力した。開けた考えの持ち主で民衆から慕われていた街の名士であった。一九三六から三九年トルファンの行政長官になっている。一九八〇年代に出版された文学雑誌には四十編ほどの彼の創作した笑話が含まれている。

二　先生たちの活躍

新式学校を開いたものの、最初のうちは宗教関係者や保守的な人々の風当たりが非常に強かった。科学の知識を植え付けるのはイスラムの教えに反する行為だというのである。何とかして学校の存在価値を認めてもらわなければならない。アブドゥハリクと同じく教師をしているモーミン・エペンディやレティプ・エペンディたちが集まってはアイデアを出し合い、あるイベントを催すことになった。彼らはヘミドゥッラ・エレムに協力を求めにいった。ヘミドゥッラ・エレムはアブドゥハリクが学んだマドラサの校長をしていた人物である。彼はアブドゥハリクたちの話を聞き、力を貸してくれることになった。

ある日、新式学校の生徒とマドラサの生徒との、学力を競うコンクールが開かれることになった。街の名士や宗教関係者、父兄が招待された。各校から代表者が出て、宗教に関する試験、アラビア書道、算数の試験を行い、点数を競うのである。そのすべての課題で、新式学校の生徒が勝利した。

これを見ていた宗教関係者の前列に座っていたヘミドゥッラ・エレムが、大きな声で「何と素晴らしい教育成果だ」と新式学校をほめた。トルファンで最も尊敬を受け、イスラム聖職者の中で最高位にいるヘミドゥッラ・エレムのことばを聞いて、ほかの聖職者も追従せざるを得なかった。

まだまだ学校の宣伝活動は続く。アブドゥハリク先生は教科の中に「体育」を取り入れた。すると外で運動している生徒たちを見て興味を持った大人たちが集まり、自分たちにも勉強を教えてほしいと言ってきた。まさにアブドゥハリクが望んでいたことである。さっそく夜間クラスがつくられ、大人のための識字教育が始められた。

アブドゥハリクたちはまた相談して、「音楽の夕べ」を催すことにした。先生、生徒総出で準備が行われた。学校の前庭に舞台がつくられ、吊り下げる形のカンテラが集められた。準備には学生や父兄、夜間クラスの生徒たち、知り合いがボランティアで参加した。ギジェク、タンブル、ドタール、ダップといった[1]民族楽器を演奏する音楽家が招かれた。街の人々にも宣伝が行きわたり、当日の夜、「学校で何か面白いことがあるらしいぞ」と大勢の観衆が集まってきた。

レティプ・エペンディの挨拶で「音楽の夕べ」が始まった。最初のプログラムは全体合唱で、二十一人の生徒が三組に分かれ、当時流行していた「達坂城《ダーワンチェン》」「アリムハン」「アナルハン」などの民謡のメロディーに、アブドゥハリクがつくった詩をのせて歌った。つまり替え歌のようなものであるが、これには民謡歌手クルバン・タンブルが果たした役割が大きい。アブドゥハリクは、歌えるように曲を付けてくれと彼のもとに詩を持っていき、クルバン・タンブルの助言で、よく知られている曲に詩をのせて、うまく歌えるようにしたのである。

二番目は朗読である。「朗読」という単語を聞いたことがない人々は、いったいどういうものなのかと興味津々であった。赤い絹の幕が開くと、一人の少年が堂々と舞台中央に登場し、一礼して詩を朗読しはじめた。それは「良心の苦痛」のちに「有る」という題名で有名になったアブドゥハリクの詩であった。

無知ゆえに　いつの日か必ず　我らには苦難が訪れよう
教えてくれ　我らのいまの在様《ありよう》の　どこにどのような価値が有る

努力して知識を得ることに　心を砕くことはなく
学ぼう　学ばせようと　ぺちゃくちゃ唱えることだけが有る

自分は何もできないくせに　人を妬《ねた》んで
「やるぞ！」と決意した者を　誹謗中傷することが有る

朗読が終わると拍手喝采がなりやまなかった。その次は二人の生徒が出てきて「ラーイ　ラーイ」という民謡のメロディーで、アヘンの弊害を訴えた。

アヘンというのは汚れ物
その害を　知ってるかい
よくよく聞いて　おくんだよ
私が話して　聞かせよう
ラーイ　ラーイ

アヘンというのはすごい毒
人生に危険がやって来て
金貨銀貨が逃げて行く
損をするのが　わかったかい
ラーイ　ラーイ

正しいことを言え　我が友よ
「アヘンは吸うな」と　止《と》めるんだ
わかったかい　私はわかった
そんな汚れ物は　捨てちまえ
ラーイ　ラーイ

この歌を聞いて観衆は大喜びしアンコールを求めたので、もう一度披露された。当時トルファンにも「アヘン窟」が出現していた。退役した軍人が小金を貯め、酒泉〔地名〕の近辺から運ばれてきた酒を売る酒場が多く、けっこうな賑わいを見せていた。アヘンはそのような酒場で提供されるようになっていた。若者たちのあいだでもアヘンや大麻を吸ったり酒を飲んだりする者たちが増えて、あちこちでたむろする彼らの姿を見て、アブドゥハリクたちは何とかしなければと皆と相談していたのだ。

歌の途中で、モーミン・エペンディの妻が舞台上で踊りを始めた。踊りに自信があったのか、そうでなくてもウイグルの女性の中にはプロ級の踊り手がたくさんいる。観衆は大興奮である。実は、観衆を飽きさせないためにこのプログラムが組まれたのであるが、アブドゥハリクたちには、ウイグル民族の芸能が素晴らしいものであることを知ってほしいという思いもあった。自分たちが親しんでいる音楽や舞踊が舞台上で演じられているのを改めて鑑賞し、喝采を浴びている光景を目撃することは、観衆自身にとって誇らしく感じられたことだろう。

次のプログラムは一人芝居の「ピールフン」である。頭に三角の形をした帽子をかぶり、はだしで、首にヤギの皮を巻き付けたピールフンことモーミン・エペンディが、自分が創作したストーリーにもとづいて、剣を振り回し、ダップに合わせて踊りながら詩を披露する。人々を縛り付けている無知や迷信、それを放っておく怠惰な心を悪魔にたとえ、それをやっつけるという内容である。

オンドル(2)の上で　寝たいだけ寝るがいい
ほこりの中で　寝たいだけ寝るがいい
無知のまま　迷信などを信じていたら
災難と破滅が　きっとやってくる
横になっていたら　目は閉じる
土をかけられ　埋もれてしまう……

このようなものを見たことがない観衆はやんやの喝采を送った。二度、三度と繰り返し演じられ、観衆がこの日のプログラムに満足したころ、アブドゥハリクが舞台に登場した。そして、「音楽の夕べ」はいかがだったでしょうか、と聞く。観衆は大きな拍手や歓声を送り、満足したと言った。そのあと、アブドゥハリクがおもむろに、教育がなぜ必要なのかをわかりやすく話して聞かせ、最後に「私たちの活動に協力してくださいますでしょうか」と訴えると、会場からは「わかったぞ、わかったぞ！」と声が上がった。
アブドゥハリクたちの啓蒙活動、教育の普及活動は確実に実を結びはじめていた。

(1)ギジェク＝球形の胴を持つ三弦あるいは四弦の、弓で弾く弦楽器。タンブル＝棹の長い三弦（共鳴弦を持つこともある）の、指ではじいて弾く弦楽器。ドタール＝長い棹を持つ二弦《ドタール》の、指ではじいて弾く弦楽器。

(2)オンドルとは、土やレンガでつくった床部分に煙道を設けて暖を取る、寒冷地方に見られる暖房法。

三　悲劇

アブドゥハリクは妻のアイムハンを心から愛し信頼し、二人の間に誕生した長男アブレトハン、次男アブリズジャン、三男アブドゥレシトゥハンを非常に可愛がっていた。だが、長男は彼が一九二六年にモスクワ留学から帰ってくる二週間前に病気で亡くなり、それから三年後、一九二九年の夏には次男と三男が相次いで亡くなった。次男はそのとき四歳、三男は一歳になっていた。当時トルファンには病院がなかったので、今だったら助かったかもしれないであろう幼児の病気に、満足な手当てができなかったのだろう。

深い悲しみの中で、アブドゥハリクは「子供」と題した詩をつくった。

子供は　親の胸の中にある

蕾の形に創られた　芸術作品
子供が笑えば　蕾も花開き
心を晴れやかにしてくれる
…………
子供は　神が与えてくれた
最大の贈り物
子供と共に在《あ》って
人の一生は　花開く

子供が笑ったら
嘆きや悲しみも　流れ去る
お願いだ　向こうの世界に
子供を　連れて行かないでくれ

憔悴しきっているアブドゥハリクを見た友人たちが、カラシェヘルに静養に行くことを勧めてくれた。カラシェヘルにはモンゴル人の友人もいる。彼は思い切ってカラシェヘルへ行くことにした。

約一か月半、美しい自然の風景を見て静養し、友人たちとの再会を果たしたりして、アブドゥハリクの気持ちはだんだん晴れてきた。

ところがトルファンに戻ってきたとき、思いもかけぬ事態が彼を待っていた。出かけるときは健康そのものだった妻が、病気になって寝込んでいたのである。彼はつきっきりで看病した。名医と言われる民間医療の医者を呼び、考えられるすべての手当てをした。しかし手当の甲斐もなく、彼女は息を引き取った。アブドゥハリクは大声で彼女の名を呼んだが、二度と彼女が目を覚ますことはなかった。

そのときアブドゥハリクの心には悲しみだけではない、もう一つの感情、強い怒りがあった。アイムハンの病を引き起こした原因は、彼の怒りを買うには十分なものだった。

ある時、アイムハンの体にできた水泡を蒸気で治療しようということになり、治療を行うという祈祷師が弟子二人とやってきた。水をいれたタライが置かれ、その上の台にふとんで巻かれたアイムハンが横たえられた。治療者が呪文を唱えているあいだ弟子が火で熱した石を部屋の中に運び入れ、水の中に投げ入れて水蒸気を発生させる。石をどんどん入れると水蒸気の熱で部屋はだれもいられないほど熱くなった。アイムハンは助けてくれと叫び声を上げるが、石は投げ込まれ続け、とうとうアイムハンの声が消えた。みんなが見にいくとアイムハンは気を失っていて、それから起き上がることができなかったというのだ。

自分の家族が無知と迷信の中で生きている人たちであったという事実を知り、アブドゥハリクは怒りと失望を感じた。彼が闘う相手として、目には見えない「無知」と「迷信」が加わったのである。
アブドゥハリクは妻が亡くなったあと、「挽歌」を詠んだ。

善《よ》き人の中で　最も善き心を持った　かけがえのない私の伴侶
マジュヌーンの愛したライラのように　痛みと秘密を共有してくれた人

この世の楽しみ　味わいを　すべて与えてくれた人
美しい風景があれば　それに喜びを添えてくれた人

月《アイ》という名前は　まさにお前にふさわしい
いや月では足りない　太陽と言ったほうがふさわしい

あの人は薔薇《ばら》の花だった　だが　茎には棘《とげ》のない薔薇だった
言葉には本当の心があった　皮肉な調子はみじんもなかった

ウイグルの祈りを受け入れてくれ　おお　神よ

二行目に登場する「マジュヌーン」というのはアラブの富裕な部族長の息子として生まれたカイスの異名である。カイスは繊細な心を持つ青年で詩才にも恵まれていた。そのカイスが美しいライラを一目見て恋に落ち、その恋があまりにも一途で、彼の行動が普通の人々には理解できないほどであったため、人はみなカイスのことを「マジュヌーン（狂気の人）」と呼ぶようになった。

ライラの両親や親せきは彼からライラを引き離すために、他の青年と結婚させた。ライラは彼への恋心を秘めたまま嫁ぐが、病気になって死んでしまう。カイスは狂気の度を増し、砂漠をさまよい歩き、とうとうライラの墓にとりすがってこの世を去ってしまった。

八世紀に実在したという人物をモデルにつくられた悲恋物語「ライラとマジュヌーン」は、アラブ社会のみならずイラン、トルコ、中央アジア、南アジアにまで広く伝えられ、各地の言語で翻案された詩が詠まれ、「マジュヌーン」が恋する者、「ライラ」は恋される者の比喩として使われるようになった。

この挽歌の中でアブドゥハリクは自分をマジュヌーンに、妻をライラに喩《たと》えているが、この喩えは決して大げさではないだろう。アイムハンが亡くなって一年が過ぎたあと、家族はアブドゥハリクに、これからの人生を一人で過ごすのは寂しいだろうと再婚を勧めた。大商人の家の若旦那で有名人であるアブドゥハリクの再婚相手にどうかと、自薦他薦で結婚話が引っ切り無しに持ち込まれてきた。それらをすべてアブドゥハリクは断った。「私にはこれからやらなければならない大事なことがあるので、いま結婚はできない」というのが表向きの理由であった。

だが、実は彼には再婚などまったく考えられなかったのである。妻が亡くなって一年後に行われた一周忌のあと、客を送り出して一人で部屋にいたとき、アブドゥハリクは生きる空しさを強く感じはじめた。そしてどうしようもない感覚にとらわれたとき、白日夢を見たのである。

とつぜんアイムハンが目の前に姿を現わし、あの優しい笑顔を見せて「心にわずかの怒りも残さぬように、という詩がありますよ」と言っているように見えた。彼が何か言おうとすると、すっとアイムハンの姿が消えた。目をこすってあたりを見回すと、手にはペンがあり、目の前には紙が置いてあった。彼はその日から三日間、ずっと詩を書き続けていた。

親友へサミディン・ズペルが彼を誘いにやってきたとき、彼は詩を書き終わったばかりだった。その日、彼らは知人の家に招待されていたのだ。アブドゥハリクは自分が見た白日夢のことを彼に話し、それから「招待をうっかり忘れるところだった」と言いながら親友といっしょに知人の家に向かった。そしてその知人の家で披露されたのが、この白日夢を見たあとに読まれた「今夜」という詩であった。

今夜　恋人がそばにいなければ　その碗を酒杯とせよ
今夜　悲しみの思いが残らぬよう　思い切り嘆きの声を上げよ
今夜　あなたがいなくなったこの世で　思い切り涙を流そう
今夜　光に眩《くら》んで見えなくなっていた目に　はっきりと見える
今夜　私の愛と霊感が　確かにこの世にあることが感じられる

あなたに与えた私の愛を思い出すたび　不安が和らぐ
今夜　苦痛を癒してくれるのは　愛する人の抱擁
大麻を吸った者に恩恵が下されることはない　問題が残るだけ
愛の戦場で私にかなう者はない　私は決して逃げ出さぬ
今夜　我が主は　我らに好機を与えてくれた

アブドゥハリクにとって、アイムハンは常に自分と共にあり、自分に霊感を与え導いてくれる存在、生きていく力を与えてくれる存在だったのである。このような彼の姿は、普通の人から見ればやはり「マジュヌーン」と同じように見えたことだろう。

妻アイムハンが亡くなって一年後の一九三〇年秋、彼を慈しみ育ててくれた祖父ミジトが亡くなった。享年八十三歳だから天寿を全うしたと言ってもいいかもしれない。アブドゥハリクは祖父の危篤を知らされたときウルムチにいたので、その死に目にあうことはできなかった。このときのことを詠みこんだ挽歌が残されている。

ああ　天よ　この恐ろしい知らせに
私は耐えられぬ　耐える力がない
自然の摂理と　あきらめることができぬ
この残酷な知らせに　耐えることができぬ

年を超越した人だった　私の右側が凍えるように冷たい
この冷えを治してくれる人は　この世にはもうない
嘆きの声を上げて泣き叫んでも
墓からは　何の声も聞こえてはこない

毎日　墓でコーランの章句を唱えて祈っても
あなたからの恵みの声は　私にはもう届かない
私はただ深く　頭を垂れるだけ
あなたは行ってしまった　私にはもう喜びはない

アブドゥハリクに、でき得る限りの教育を施し、彼の活動を最後まで支援し、大きな慈愛で彼を包み込んでいた祖父ミジトは、最愛の孫が処刑されるのを見ることなくこの世を去った。それは、彼が生前に為した善行の報奨なのかもしれない。彼の葬儀にはトルファン中の宗教指導者や名士が集まったと言われている。

四 ローズィ・モッラー

アブドゥハリクが学堂《シュエタン》をトップの成績で卒業したとき、最下位の三十番目の成績で卒業したのが、ローズィ・モッラーという男だった。父親サディク稽査《ジサ》〔犯罪を取り締まる役人〕は一人息子の将来を考え、学堂に入学させたのだが、息子のほうは在学中に酒場に出入りするようになり、アヘンの毒に染まってしまっていた。

当時トルファンには酒場が多くあって繁盛していた。酒場の主人は酔っ払いには水で薄めた酒を飲ませ、大いに稼いでいた。そしてアヘンも利潤が高いというので、酒場で提供されることが多かった。

ローズィ・モッラーの父親が急死し、遺産はすべて彼に遺されたが、すぐにアヘンに消えてしまった。それからは親戚じゅうに借金を重ね、とうとう親戚からも疎《うと》まれるようになった。何とか卒業はしたものの職にはありつけず、家にある物を売って生活していた。うぬぼれの強い人間が自分の不幸を社会のせいにし、成功した人間に嫉妬するのは珍しいことではないが、黒いあごひげをたくわえ、背が高くて落ちくぼんだ目をしているローズィ・モッラーもそのような人間の一人だった。

あるとき通りを歩いていると、顔見知りの通訳に声をかけられた。彼についていくと、そこには政府の穀物倉庫を管理する役人が待っていて、ローズィ・モッラーに倉庫の帳簿係りの職を与えた。ローズィ・モッラーは書道が得意で、一時期は看板書きなどの仕事をしたことがあった。そのことを伝え聞いたこの男は、彼を利用できると考えたのである。

彼の意図を読むことのできたローズィ・モッラーは、喜んで仕事を引き受けた。政府の役人の後ろ盾があれば、でたらめな記帳をしてもばれることはない。こうして農民には正規の納税量よりもはるかに多い量を要求し、私服を肥やしていき、四、五年で大金持ちになった。その金を利用し、一九二八年にはトルファンの行政長官に大金を贈り、トルファン新城《シンチェン》にも新しい食糧倉庫を建てさせた。そして近隣の村々から穀物を集めては己のものにした。農民が文句を言うと、郷約《シャンヤオ》たちと口裏を合わせて難癖をつけては農民たちを痛めつけていた。

一九三三年一月初め、アブドゥハリクがローズィ・モッラーのことを詩に書いたぞというニュースが広まった。みんなはよくやってくれたと賞賛した。

アブドゥハリクはその一か月ほど前、スワザ(1)の食堂で友人のズヌン・トムリと食事をしていた。そのとき二人の農民が入ってきて彼らのそばに座り、料理が運ばれてくるまで沈鬱な表情でローズィ・モッラーの不正について話していた。以前にも多くの農民がアブドゥハリクのもとにやってきてローズィ・モッラーの悪事を訴えていたのである。彼は食事を終るとポケットから紙とペンを取り出し、すぐに詩を書いた。その詩をズヌン・トムリに渡した。ズヌン・トムリは記念にしようと受け取った。それを、社会改革を唱える若者たちが大きく書き写し、街の壁の門に貼り出したのだった。

ローズィ・モッラー　お前も人の子だろう
改心せよ　正気に戻れ
お前が頼りとしているのは
岩の峠の下り坂　砂の峠の下り坂なのだ

民衆に残酷なことをして
いつまでもやめぬなら
民衆を打って泣かせて
わずかの情けもかけぬなら

お前の日々は　許されぬ
野良犬のように血を流し
世界の最後のときが来たら
どういう目に遭うか　知らぬのか

うわさを聞いた人々は、いったい何が書いてあるのか知りたくて、遠くの村からもやってきた。字が読めない者は、読める者に聞いてその意味を知り、胸のすく思いであった。アブドゥハリクの父親はかつて「詩人が書く百ページの文字より、通訳が話す一言を聞く」と言ったことがあるが、今、詩人の言葉は通訳のことばより威力を持つことが証明されたのである。

(1)スワザは回教徒のコックで、トルファン中で有名な食堂を営んでいた。

第四章　トルファン民衆蜂起

一　民衆蜂起の発火点

なぜトルファンの民衆は立ち上がったのか。

清朝が東トルキスタンの占領を果たした一七五九年から一九三一年トルファン民衆蜂起まで、大規模な民衆蜂起が二十二回公式に記録されている。一般の書店で手に入るレベルの歴史書から拾い上げた数なので、実際の数はおそらくそれ以上になるだろう。この中にはグチュン〔奇台〕の回族、漢族の農民蜂起（一八四五年）、アトシュの銅山で起こった鉱夫の蜂起（一八五七年）、ホータンの金鉱での蜂起（一八六〇年）、イリのシボ族の蜂起（一九一二年）が含まれている。

トルファンの東に位置するクムルでは一八八四年に新疆省が設置されてからもウイグル人をクムル王が支配することを認められ、王家が以前から所有していた土地は代々受け継がれ、その土地に暮らす農民は世襲の奴隷のように扱われていた。領地は全体が十三区域に分けられ各区域にドルガと呼ばれる世襲役人がいて、一般的な宗教、行政、訴訟などの事務を管理していた。農民は王家の所有する膨大な数の家畜の世話や放牧地の管理、田畑での労働が強制され、最初のうちは一か月に三日とされていたその期間が最終的には七日にされ、それ以外にもさまざまな名目での労役に駆り出された。まさに奴隷状態で農民は疲弊していた。

また、クムルは中国の内地に最も近かったことから、一旗揚げようと伝手《つて》を頼って内地からやってくる漢族の移住者も多かった。クムルの土壌は肥えていたので収穫量も多くやがて小作人を雇うまでになった者もいた。小金を貯めて店を始める者や高利貸しをする者たちも現われた。地主たちは政府の役人と結託して私腹を肥やしていた。

もうこれ以上は我慢できないとなった農民がトムル・ヘリペの指揮のもと武装蜂起した。これが一九一二年のことである。ほぼ同時期にトルファンでもムイディン・ヘリペを指導者とした農民蜂起が起こった。このとき新疆省の主席の椅子に座っていたのは楊増新で、彼は巧妙な策を考え、蜂起軍を政府軍の中に取り込むことに成功した。そして一九一三年、甘言を弄して二人の指導者をウルムチに呼び名目上の軍位を与えておき、同年九月、「国家への謀反を企てた」という罪で二人を処刑した。

それから十七年後の一九三〇年、クムル王家最後の王、第九代目のシャーマフストが亡くなった。新疆省主席の座に就いていたのは(1)金樹仁《ジンシュウレン》で、彼はクムル王家の存続を認めず王家の所有していた広大な土地を没収することにした。このときショプルの張稽査《ジャンジサ》は、土地測量時のどさくさに紛れて百数十畝《ムー》の土地を手に入れた。彼は酒やアヘン、雑貨を売る店も開いていて、通常の五倍ほどの値を付けて売っていた。このような「悪行」を働く者は彼一人ではなかった。彼らは蓄財が目的でやってきているのだから利益を追求するためにはどんな悪事にでも手を染めた。ただ、彼らにも悩みがあった。それは結婚相手を見つけることが難しかったということである。中にはウイグル人の女性に目を付け、策を弄して、やってはならないようなことをする者も出はじめた。

張稽査がサーリフ・ドルガの娘に目を付けたのは、ウイグル人の不満が溜まりに溜まっている、このようなときだった。彼は結婚を申し込んだがもちろん受け入れられるはずはなかった。だが執拗に要求し続け、どうしてもだめだとわかったときサーリフ・ドルガを罠にかけて投獄し、娘との結婚を許したら牢から出してやり土地も与えるという条件を出してきた。

サーリフ・ドルガは娘との結婚を認めると言って牢から出てきた。そして結婚の宴の準備をはじめた。だが、これは張稽査たちを襲撃するためのおとりの宴であった。サーリフ・ドルガと若者たちは酔った張稽査たちを襲い、その勢いを持ったまま政府軍の駐屯地に向かい、花嫁を連れてきたように見せかけ門を開けさせた。そして兵士たちを急襲し、武器弾薬を奪うのに成功したのである。このあとクムルの各地で民衆が次々に蜂起し、駐屯していた政府軍を恐怖に陥れた。

一九三一年の春にショプルで起こった民衆蜂起は、さらに拡大することとなった。その大きな力となったのがホジャニヤズ（ホジャニヤズ・ハージー）である。彼はトムル・ヘリペが指揮した一九一二年のクムル農民蜂起に加わっていた人物で、トムル・ヘリペと意見が合わずに戦列から離れていた。クムル王家に反乱を起こしたというのでお尋ね者になっていたのだが、そのクムル王家もなくなる寸前であったので許されて帰郷し、王家を警護する兵士となった。そのあと強制的に政府軍に入れられ小隊長となっていたのである（ホジャニヤズはお尋ね者となっていたころ、トクスン出身のイスハークと名乗り、メフスト・ムヒティが学んでいたマドラサにやってきて短い間であったが、一緒に学んだことがあった）。

金樹仁がクムル王を廃しその領地を没収したとき、これまで利権を得ていた王族やその関係者たちの不満は大きく、王政の復活をもくろむ者たちもいた。一方、いちど武器を持って立ち上がった農民たちも、漢族居住者や駐屯兵たちの横暴に対して不満を持ちつづけていた。この両者が、目的は違っても敵は同じだということで共闘することになった。

ショプルで蜂起したサーリフ・ドルガたちを討伐するように命じられたホジャニヤズは、命令に従ったふりをして軍を率いて進んでいった。そして戦闘開始となったとき、後に振り向いて政府軍の兵士を攻撃しはじめたのである。この戦闘の結果、ホジャニヤズたちは大量の武器を手に入れた。彼らは今や猟銃や農具を手にして立ち上がった農民蜂起軍ではなく、新式の銃で武装した義勇兵から成る蜂起軍となったのである。

(1)金樹仁（一八七九〜一九四一）は楊増新政権下で地方長官を歴任し、一九二八年に楊増新が部下の樊耀南に暗殺されると、その後を引き継いで新疆省政府主席になった。

二　トルファン民衆蜂起

一九三二年春のある日、アスターナのメフスト・ムヒティの親族の家で割礼の儀式が行われ、まるで祭りのような盛大なお祝いが開かれた。

ムヒティ家はもともと四人兄弟で農業に従事していたのだが、メフスト・ムヒティもアブドゥハリクの祖父ミジトと同じように先見の明があったのだろう、一九一〇年に農業をやめて商売を始めた。それからはロシアとの貿易で莫大な利益を上げ事業を拡大していった。だが、彼はただ利益を追求するだけの商人ではなかった。世界の進歩に取り残されている故郷の姿を見て、これからの時代に必要なものは教育であるという信念を持つようになり、私財を投じてチョチェク、グチュン、ウルムチ、トルファン、グルジャ、カシュガル、クチャ、アトシュに「メフスディヤ学校」を作った。ウイグル人の社会を発展させたい、無知と迷信の中で生きる人々を啓蒙したいという、アブドゥハリクと同じ理想を持っていた。

ムヒティ家のお祝いではオグラク・タルティシュが行われることになり、四百人から五百人にはなろうというオグラクチたちが集まっていた。オグラク・タルティシュというのは、子ヤギ《オグラク》を二組に分かれた騎手たちが引っ張り合い《タルティシュ》、奪い合い、ゴールまで早く運んだほうが勝ちになるという競技で、結婚式や伝統的な祭礼、祝い事のときに行われていた。祖先が遊牧民であるトルコ系の民族のあいだにも、名称が違うが同じ競技が今でも残っている。オグラク・タルティシュを行うことのできる騎手をオグラクチといい、名騎手でないとオグラクチにはなれない。周辺の村からやってきたオグラクチたちはそれぞれのグループに分かれて己の技術を披露し合った。

その日の夜、ほこりだらけになったオグラクチたちがメフスト・ムヒティの屋敷に集まっていた。その場にはアブドゥハリク、ヘサミディン・ズペルたちもいた。オグラクチたちの中から「俺たちはいつまでも待ってはいられない！」という声が上がった。クムルでのホジャニヤズ率いる蜂起軍が方々で政府軍と果敢に闘い、華々しい戦績を上げているニュースが伝わってくるたびに、トルファンの若者たちも情熱を駆りたてられていたのである。

メフスト・ムヒティは、戦いに勝つためには周到な準備が必要だと若者を落ち着かせ、オグラクチたちはそれぞれの村へ帰っていった。そのときメフスト・ムヒティはクムルにいるホジャニヤズに手紙を書き、トルファンへ来てくれるようにと要請し、その返事を待っていたところなのであった。

そして返事が来たが、「クムル蜂起軍の現在の状況では、トルファンに今すぐ行くことはできない」という内容のものであった。アブドゥハリクはメフスト・ムヒティの手紙に、自分が書いたクムルの蜂起軍を讃える詩を添えていた。

「今日のクムルの山々、この山々で膝までの雪をかきわけながら敵の弾丸に向かって胸を張り、獅子の如く戦っているウイグルの男たちが、抑圧された各民族の人々の希望のたいまつとなっています。

このたいまつがさらに明るく燃えますように。その光に照らされ、自由の朝が明け、平等の春が始まりますように。我々の目はあなた方の目と共に、我々の心はあなた方の心と共にあります。

翼がありそちらの山へ飛んでいけたら、勇敢な男たちの加わり、はやぶさのように飛ぶことができたら、少なくとも、勇者たちの駿馬の世話をする馬丁になることができたらどんなにいいでしょう！

ああ、眠りをむさぼっていたトルファンのウイグル人も目を覚ましました。目を覚ましただけではなく、目を見開いて世界を見て、手錠と足かせを見て、怒りに身を震わせています。立ち上がろうとしています。近々、クムルの山々と同じように、この地でも戦いの声が響きわたるでしょう。

死の危険にさらされようと　我が目には炎が燃える
生きれば勇者　死ねば殉教者の列に入らん
目にもの見せるか　アブドゥハリクが死ぬか
二つに一つ　皆にこのことを告げん！

私はすでにこの戦いに参加しています。どうか早くみなさんにお目にかかることができて、共に戦わせてくださいますように。」

一九三二年の十月に入ってすぐ、トルファンの街や村では「クムルからホジャニヤズ・ハージーが義勇軍を引き連れてやってくるようだ」といううわさが広まった。アブドゥハリクはヘサミディン・ズペルと共にトルファンの村々に、綿花と干しぶどうを買い付けに行き、ひっそりと、クムルの民衆蜂起軍が闘いに勝っていることを農民たちに伝え、蜂起に備えるようにと呼びかけた。農民たちは鎌や斧、こん棒などをそろえた。火花がはじけて火がつけば一斉に燃え上がってしまうような状態になった。

十一月のはじめ、情勢を見ていたアブドゥハリクとヘサミディン・ズペルは「街で民衆に訴える時期は今だ」と友人たちを呼んで相談した。レティプ・エペンディ、友人のエネイトゥッラ・エペンディとアブドゥラフマン・カーリーはアブドゥハリクの詩「目覚めよ」「咲け」を何枚か大きな紙に書き、それを新城と老城の人が集まる十字路や大きな店、モスク、マドラサの前に貼りつけた。それを見た人々は次々と知らせを伝えていき、壁に貼ってある詩を読んだ。字の読めない者は隣にいる者に聞いたりしてその内容を知った。そして、「そうだ、いつまで我々は寝ているんだ。今立ち上がらなければ、いつ立ち上がるんだ！」と言い合った。

トルファンでは毎週金曜日に市《いち》が開かれた。遠くの村々からも農民がロバに乗ったり牛車や馬車に乗ったりしてやってきた。歩いてやって来る者もいて、トルファンの街はその日は人の海に変わった。

十一月中旬の金曜日、モスクでの礼拝が終わったあと、アブドゥハリクはカズィハナ・モスク前の広場に集まった人々の前で演説をしようとしていた。そのことを聞いた民衆は「詩人が何か話すらしいぞ」と方々から集まりはじめた。アブドゥハリクのそばにいたヘサミディン・ズペルが一人の男に机を持ってきてくれと頼むと、彼はすぐに机を運んできた。

「今日は人が多いから、机の上に立って話したほうがいい」とヘサミディン・ズペルが言った。

白い糸で刺繍が施された緑色の帽子、灰色の厚手のオーバーを着たアブドゥハリクは、腐敗した政治、役人たちの横暴について、よく響く声で話しはじめた。その場には宗教関係者、学生、商人、職人、農民あらゆる職業の人々がいた。演説が終わるや、怒りを抱えている人々の

「暴君の灰を空にまこう！」という声がトルファンの空に響き渡った。

十一月下旬、アブドゥハリクは自分の訴えが功を奏して民衆に影響を与えているのを知り、民衆を組織する時期がきたこと感じた。彼はヘサミディン・ズペルの家に行き相談し、まずトルファン 新城《シンチェン》 の若者たちを組織しようと考えた。「若者たちを組織するのは難しくない。声をかければ数百人が駆けつけてくるだろう。しかし、鉄砲が一〇丁しかなかったら残りの者はどうする」とヘサミディン・ズペルは言った。アブドゥハリクはちょっと考えてから、ひざをたたいた。そして「あなたは長官の信頼が厚い。それを利用しよう。『新城を蜂起軍から護ります』と一〇〇丁の鉄砲を借りてください」と言った。

ヘサミディン・ズペルはその日のうちにトムル稽査《ジサ》にこのことを頼みに言った。トムル稽査は正義感の強い人物で、不正を見過ごすことがなかったので、民衆から信頼されていた。彼はその案に同意し、すぐにアブドゥハリクを呼び、三人は箱馬車に乗って老城にある庁舎に行った。ヘサミディン・ズペルが来訪の目的を長官に話すと、「ヘサミディンさんが新城を強盗たちから護る目的であれば、七〇丁の鉄砲を貸しましょう。だれが保証人になるのですか」と聞いた。「私が保証人になります」とトムル稽査とアブドゥハリクが言った。信頼している優秀なトムル稽査と街の名士アブドゥハリクを、長官はこのときまったく疑っていなかったのだ。

ヘサミディン・ズペルは受け取った七〇丁の鉄砲を持って馬車で新城へ向かった〔行政府は

トルファン老城《ラオチェン》にあった。」その日の夜、「市街防衛部隊」が結成された。この部隊には一二〇人の義勇兵がいて、彼らをヘサミディン・ズペルが率いた。アブドゥハリクは彼らに、クムルの蜂起軍が政府軍を打ち負かした状況を語って聞かせ、彼らを鼓舞した。若い義勇兵たちは毎日早朝、「咲け」を大声で歌い、トルファン新城の通りを地震のように震わせ、街の外に出ていき、戦闘訓練をした。

「ホジニヤズ・ハージーがピチャンに軍を引き連れてやってきて、政府軍と戦ったらしい」というわさが広まった。このうわさを聞いて、トルファンの街や村の民衆の血は沸き立っていた。

しかし、ピチャンに現れて戦っていたのはホジャニヤズではなく、馬仲英《マジョンイン》(※)が残していった馬世明《マシーミン》たち二十数人の兵士であった。馬世明は最初、自分たちがピチャンに残れば民衆も立ち上がるだろう、と考えていたが、だれも彼らには従わず、結果として自分たちより数十倍も兵力のある政府軍には太刀打ちできず、ルクチュンでうろついていたのである。

※馬仲英は甘粛省出身の軍人で、クムル蜂起軍の要請を受け支援に来ていたが、そのとき河西に退却していた。

十二月中旬、メフスト・ムヒティ率いる蜂起軍はピチャンにやってきてこの状況を知った。そしていろいろ考えた結果、ピチャンの民衆が自ら立ち上がらない限り蜂起は無理だとして、馬世明をアスターナに連れていくことにした。政府軍の報復攻撃の可能性を考えたからである。この申し出はどうしていいかわからずにいた馬世明にとっては願ってもないことだった。

メフスト・ムヒティが思っていたとおり、それから三日後、トルファンに駐屯していた政府軍がアスターナに百数十人の部隊を送ってきた。ところが怒りに怒っていたアスターナの民衆は、農具やこん棒で立ち向かい、兵士たちを数時間で打ち負かしたのである。そして銃を戦利品として手に入れた。この勝利で元気づいたトルファン、ピチャン、トクスンの農民たちも続々と立ち上がり、血気盛んな若者たちがアスターナに集まりはじめた。義勇兵は二〇〇〇人近くになっていた。

アブドゥハリクとヘサミディン・ズペルは司令本部となっているアスターナのムヒティ家の屋敷に行き、トルファンを政府軍から解放するための相談をした。

十二月二十七日、数日間の準備の後、蜂起軍はトルファンに駐屯している政府軍への攻撃を開始した。ヘサミディン・ズペルの「市街防衛部隊」が接近戦を行った結果、蜂起軍は四時間で政府軍を打ち負かし大量の武器弾薬を手に入れ、長きにわたって清朝、そして中華民国政府に支配されていたトルファンの街が解放されたのである。

一九三三年一月五日、蜂起軍部隊はトルファン老城《ラオチェン》を激しく攻撃した。その日の夜、アブドゥハリクとヘサミディン・ズペルがトルファン蜂起軍の食糧補給について相談をしていたとき、金樹仁が蜂起を鎮圧するために、ウルムチから五〇〇人の軍を送り出したという情報を、メフスト・ムヒティの兄、メフムト・ムヒティが持ってきた。

一月六日　作戦会議が開かれた。会議にはメフスト・ムヒティ、ヘミドゥッラ・エレム、ネメット・ヘリペ、アブドゥハリク、ヘサミディン・ズペル、メフムト・ムヒティ、馬世明など十数人が加わった。

各自が意見を出したあと、最後にアブドゥハリクが、凍りつくほどの寒さの中をやってくる政府軍兵士たちを、「火を焚いてお出迎えする」作戦を提案した。これに全員が賛成した。トルファンでは昔から、遠来の客を街の外にあるチャージャンベイ〔地名〕までいって迎えたり見送ったりするという習慣があった。偉い人物の場合はそこで歓送迎の儀式も執り行われていたのである。

一月七日夜、蜂起軍の偵察隊が、政府軍兵士が疲れ切った様子で、トルファンの西にあるキンディク〔地名〕に近づいているという情報を持ってきた。政府軍は暗闇の中を二方向に分かれ、一団は西側の道を通って、もう一団は南西の大きな道を通ってトルファンに近づき、トルファン新城《シンチェン》の西門で合流するという計画を立てていた。

空が少しずつ白みはじめると、歩哨に立っていた蜂起軍の兵士が、政府軍の偵察隊がチャージャンベイに近づいていると、アブドゥハリクに知らせにきた。このときはもう「火を焚いてお出迎え」の準備は終わっていた。

トムル稽査《ジサ》は役人のかっこうをしている数人の若者を連れて偵察隊の所に行った。そして自分が政府の人間で、ウルムチから来ている部隊を迎えるために秘密裡に来たことを告げ、彼らをチャージャンベイに連れていった。そのとき、アブドゥハリクの合図で義勇兵の五人が一団となって五〇か所に篝火《かがりび》を焚く準備をした。これを見た政府軍の偵察隊は安心し、本隊に知らせに戻った。このときチャージャンベイの丘の近くではメフムト・ムヒティが率いる蜂起軍五〇〇人ほどが臨戦態勢に入っていた。

ヘサミディン・ズペル率いる四〇〇人を超す蜂起軍の歩兵は、アブドゥッラ・ダーモッラ、アブドゥセミー大隊長の率いる八〇〇人以上の歩兵と共に、ウルムチとトルファンを結ぶ街道沿いにあるシャヒトリク〔墓地がある場所の名〕にいて、政府軍の部隊がやってくるのを待っていた。

空が開けようとしているころ、夜明けの厳しい寒さの中をガラガラと荷馬車の音を立てながら政府軍の兵士たちがやってきた。蜂起軍はすぐに篝火を焚きはじめた。凍りついた兵士たちの目にはぼうぼうと燃えさかる篝火しか見えなかった。トムル稽査たち「政府の役人」が兵士たちを火のそばに導いた。兵士たちは篝火に走り寄った。厳しい行軍で疲れ切っていた彼らは銃を肩から外さずに火に覆いかぶさった。

体を温めてくれる火は疲れ切っていた兵士たちを眠りに誘った。この瞬間を待っていたアブドゥハリクは「ヤーピル〔ああ、主よ〕！」と叫んだ。これが合図だった。蜂起軍は砂に埋めていた剣やこん棒を掘りだし、篝火のまわりにいる兵士たちに飛びかかった。チャージャンベイの両側にある丘に隠れていた蜂起軍兵士たちも勝利の時がきたことを知ると、銃をかかげて襲いかかった。

こん棒で打たれた兵士たち五人が、肩の銃を取る間もなく首を剣ではねられた。十人ほどの兵士の手足がこん棒で打たれて折れた。銃を構えた兵士たちも、火にあたっていたので、冷えきった銃に温まった指がくっ付いて引き金を引くことができなかった。自分たちがだまされたことに気づいた兵士たちは馬車を盾にして応戦した。だが、二方向から弾丸の雨が降りはじめた。馬車に乗って逃げようとした兵士が銃で撃たれて倒れた。この戦いで、五人の蜂起軍の兵士が犠牲となった。

そのとき、メフムト・ムヒティ率いる部隊のいる方から「咲け」の歌声が響いてきた。大地を揺るがしながら駆けつけてきた蜂起軍に次々と撃たれ、切られ、二五〇人ほどの政府軍兵士のほとんどが地面に倒れた。半時間の激しい戦闘のあと、蜂起軍は二〇〇丁の銃と二十台以上の荷車、七十数頭の馬、大量の弾薬、そして何台かの飼い葉切りを戦利品として手に入れた。

そのころ、別の方向からやってきていた政府軍は、シャヒトリクでヘサミディン・ズペル率いる蜂起軍と戦っていた。メフスト・ムヒティたちがシャヒトリクに応援に向かった。応援部隊はシャヒトリクの西から来て政府軍の逃げる道を塞いだ。はさみうちにあった政府軍はどうしていいかわからずに慌てふためいた。蜂起軍は両側から包囲を狭《せば》め、激しく戦った。そして勝利が目前に来たとき、敗走している政府軍兵士を「追え！」と命令していたヘサミディン・ズペルが、空いていた墓穴に隠れていた敵兵の弾に当たり、命を落としてしまった。

太陽が昇ったとき、五〇〇人の政府軍兵士はすべて倒され、多くの武器、弾薬、馬、荷車が戦利品となった。アブドゥハリクは親友ヘサミディン・ズペルの戦死を深く嘆いた。このときの戦闘の光景は、アブドゥハリクの「凍った」という詩に詠みこまれ、長く語り継がれることになった。

勝利を重ね奮い立った蜂起軍は、メフスト・ムヒティの指揮のもとピチャンへ向かった。しかしピチャンの防御は堅かった。ピチャンには最新型の兵器で武装したロシアの白軍の残党たちもいた。彼らは一九一七年以降のロシア革命期に起こった革命軍（赤軍）との戦いに敗れ、新疆に逃れてきて省政府に雇われていたのだ。

蜂起軍は十二日間、昼も夜も激しい攻撃を続けたがどうしてもピチャンを制圧することはできなかった。

そしてまさにこのとき（一月中旬）、クムルの政府軍を率いていた盛世才《ションシーツァイ》が、四五〇〇人の大部隊を引き連れてやってきたのである。

このころ、新疆南部の各都市で民衆蜂起が起こっていた。それでどうしてもピチャンを死守しなければならないと考えた金樹仁が、盛世才にピチャンに向かうように命じたのだ。ホジャニヤズの蜂起軍を完全に敗北させることができずにいた盛世才はすぐにクムルからピチャンに向かってきた。大砲、装甲車そして飛行機まで使っての攻撃に耐えることができなかった蜂起軍は、ばらばらになってピチャンから敗走し、トルファンも失い、トクスンに後退した。トルファンの街には火がつけられ、あちこちが炎の海となった。

トクスンに退いた蜂起軍は「今のところはいったんカラシェヘルに移動し、クムルからホジャニヤズたちを連れてくることが必要である」、という結論に達した。メフムト・ムヒティと馬世明が部隊をカラシェヘルに引き連れていき、メフスト・ムヒティはホジャニヤズを連れてくるために、ヘミドゥッラ・エレムたちと共に脇道を利用してクムルへ向かった。

メフスト・ムヒティたちがクムルに着いてから何度か話し合いが行われ、最終的にホジャニヤズとサーリフ・ドルガの部隊がトルファンに行くことになった。彼らは八〇〇人ほどの義勇兵を引き連れ、メフスト・ムヒティの道案内でトルファンに向かい、二月の終わりごろピチャンに到着した。メフスト・ムヒティはピチャンに到着するとすぐ、兄のメフムト・ムヒティと馬世明に「急いでピチャンに来るように」と使者を送った。

彼らが来るまで、ホジャニヤズの部隊はピチャンで政府軍と戦ったが、圧倒的に政府軍が有利だった。それでひとまずルクチュンへ後退せざるをえなかった。彼らはルクチュンでカラシェヘルからやってくるトルファンの部隊を待ち、彼らが来たら一緒になってピチャンを攻撃しようということになった。

ルクチュンでは、今は廃されたトルファン王家の最後の王（第十代）サイト（在位一九三一～一九五二）がルクチュンの街の中に入って休息を取ったらどうかと勧めた。王城には保管されている銃もあると告げた。ホジャニヤズは気乗りがしなかった。街は防御用の壁に取り巻かれているからである。戦場としてはふさわしくない。だがメフスト・ムヒティにも勧められたので、申し出を受け入れることにした。

ところが、彼らが街に入ってから二日目、夜が明けると同時に大砲が鳴り響き、ルクチュンの街はたちまち盛世才軍に包囲されてしまったのである。政府軍に配属されている白ロシアの射撃部隊の攻撃はすさまじいものだった。街の中央にそびえ立つ宮殿とモスクの尖塔は崩れ、弾丸が街の壁の上から雨あられのように降ってきた。蜂起軍は頭を上げることさえできず街の壁の穴から撃ちつづけ、政府軍にも多くの損害を与えた。しかしこの戦いで、多くの若者たちが命を落とした。若いころたまに狩りに出て銃の撃ち方を学んだというヘミドゥッラ・エレムは、果敢に銃を撃っていた。だが大砲の弾の破片を額に受けて亡くなった。彼はトルファン中で尊敬されていた宗教指導者で、八歳になったアブドゥハリクが最初にマドラサで出会った校長先生だった。

戦いの二日目、弾丸がほとんどなくなり、蜂起軍は飢えと渇きで苦しんでいた。政府軍兵士たちが城壁にはしごをかけて登りはじめた。そのときホジャニヤズの頭に、ある考えが浮かんできた。北門から逃げだしたように見せかけて、実際は南門から出ていくように準備せよとみんなに命令した。その命令に従い、蜂起軍は政府軍の注意が北門に向いているあいだに南門を開けた。しかしそちらのほうにもすぐに弾丸の雨が降りはじめた。門から先頭に立って走り出たホジャニヤズは機関銃を撃ちながら道を作っていた。彼らの後から出てきた者たちも銃を撃ちながら喚声を上げて馬を走らせた。

そのとき、メフスト・ムヒティの乗った馬が胸に弾を受けて倒れた。馬の下敷きになったメフスト・ムヒティは起き上がる間もなく銃弾を受け、亡くなった。そのわきを馬で走り抜けていた者は自分が逃げるのに精一杯で、彼の姿に気づく者はいなかった。メフスト・ムヒティが戦死したのは、三月八日のことだった。

街の北のほうの小高い丘で戦いの指揮を取っていた盛世才は、蜂起軍が南の門から出ていったと聞いてすぐにあとを追うように命令した。そして自分も馬を走らせた。だが小さな丘や灌木の茂みに隠れていた蜂起軍の弾に撃たれ多くの兵士を失い、これ以上どう対処したらいいかわからなくなって引き下がった。そのあと、護《まも》りのなくなったルクチュンの街に攻め入り、怒りを民衆に向けた。小さなルクチュンの街は炎に包まれ、通りは血に染められてしまった。

そのころ、ローズィ・モッラーは南門の前に横たわっているメフスト・ムヒティの遺体を見つけ、盛世才に報告していた。「トルファンの盗賊どもの頭《かしら》で、ホジャニヤズを連れてきた男がこいつです」と言って、メフスト・ムヒティの遺体を示した。盛世才は見せしめにするために首を切り取るように命じた。その首は、アブドゥハリクが子供のころに見た、カラゴジャ村の農民蜂起の指導者エメットの首がさらされていたあの木にさらされた。

時間はさかのぼるが、メフスト・ムヒティたちがピチャンに行ったあと、アブドゥハリクやトムル稽査《ジサ》たちは街の防衛にあたることになり、その司令部をヘミドゥッラ・エレムのマドラサに置いていた。そこにある日、トムル稽査と部下たちがローズィ・モッラーを引っ張ってきた。彼は隠れてアヘンを吸っていたところを、その煙のせいでトフティ・カーリーという人物に見つかってしまったのだ。表に引きずり出されたローズィ・モッラーの周囲に方々から人が集まってきた。そしてまさにリンチを受けようとする寸前に、トムル稽査たちが駆け付けたというのだ。

連れて来られたローズィ・モッラーはアブドゥハリクに、同じ学堂で学んだ仲間のよしみで、どうか助けてくれと命乞いをした。殺してしまえと怒り狂っている人々に向かってアブドゥハリクは、革命が成功した暁には民衆の訴えを聞き正しい裁判が行われるようになる。そのときにローズィ・モッラーを訴えて裁判を受けさせよう、と言って説得した。そしてローズィ・モッラーには、これまでのことを心から悔い改めたら、みんなは許してくれるかもしれない。だからこれからはよく考えて行動するように、と諭して帰した。

当時は馬が最も速い情報伝達の手段だった。刻々と変わるメフスト・ムヒティたちの戦況をアブドゥハリクたちが正確に把握することは難しかった。そんなとき盛世才軍の先遣隊がトルファンに攻め込んできた。二月初めのことである。アブドゥハリクやトムル稽査たち防衛部隊が戦ったが、とても政府軍と互角に渡り合えるような戦力ではなかった。すぐにトルファンは政府軍の手に落ちた。

盛世才はトルファンを制圧したあと、あちこちの通りに触れ書きを貼り付けさせた。そこにはウイグル語と漢語で、「武器を持って隠れている盗賊たちを捕まえた者には一人につき百両、隠れている場所を知らせた者には五十両、武器を所有していなくとも盗賊たちを賞賛した者、彼らに味方した者の情報提供者には二十両を与える」と書かれていた。

ローズィ・モッラーはこれを見るとすぐにアブドゥハリクを思い出した。仕返しもできるし金も入る機会が訪れたと喜んだ。彼はためらうことなく「アブドゥハリクは反乱軍の重要な構成員である。歌われるのを禁止されている『咲け』という詩を書いたのも彼である」という内容の手紙を書き、盛世才の通訳に手渡した。盛世才はアブドゥハリクを逮捕者リストに書き入れた。そして盛世才はローズィ・モッラーには賞金を与え、新しい任務も与えた。彼を道案内人たちの列に加えてルクチュンに連れてきていたのである。

第五章　詩人の最期

一　母に遺《のこ》された詩

親にとって、子供が自分より先に逝《い》くことほど悲しいことはないだろう。盛世才が攻め込んできてトルファンが政府軍の手に落ちたとき、アブドゥハリクの家族や親せきたちは、彼の前に馬を連れてきて、すぐに逃げてくれと頼んだ。だが、同胞を捨てて自分だけ逃げることはできない、とアブドゥハリクは落ち着いた口調で彼らの頼みを拒否した。

二月の終わりごろ、十人ほどの政府軍兵士がアブドゥハリクを捕えにやってきた。道案内をしてきたのは、アブドゥハリクに命を助けられたローズィ・モッラーだった。

三月九日、アブドゥハリクの母親ニヤズハンは、牢獄に入れられた息子に食事を届けに行った。牢は老城《ラオチェン》にある庁舎の裏にあった。ニヤズハンは監獄の敷地内に入るために衛兵に五両を渡し、獄吏に五両を渡して息子への差し入れを頼まなければならなかった。五両という大金を受け取った年輩の獄吏は、何か伝えたいことがあれば伝えてやると言った。ニヤズハンは

「家のものはみんな元気だ、父親はまだクムルから帰っていない、みんながお前のことを心配している」と涙を止めて気丈に言った。

かなり長いあいだ待ったあと、布に包んだ皿が戻されてきた。そのときあたりを気にしながら獄吏が小さな声で、「自分は元気だから、みんな心配しないでくれとアブドゥハリクが言っていた」、と告げた。そして小さな紙切れを皿の下にすべりこませた。

ニヤズハンの帰りを家じゅうの者が待ちわびていた。急いで家の中に入るとすぐにその紙を取り出し、親戚の青年でアブドゥハリクから詩作の手ほどきを受けたアブドゥグリに渡した。それは牢獄でアブドゥハリクが書いた詩だった。アブドゥグリが読みはじめると家の中には悲痛な泣き声が満ちた。

手は縛られ目は目隠しをされ　体は苦痛を受ける
これほどの痛みに　命が耐えうるだろうか
獄吏たちの虐待は止まぬ　だが聞くがいい
アブドゥハリクは己の言葉を違《たが》えることはない
この体が　苦痛の中で切り刻まれようと

民衆のために捧げられるなら　それ以上の望みはない

詩を読み終ったアブドゥグリにニヤズハンは、「アブドゥハリクはお前のことが大好きだった、お前は、これまでにもらった詩とこの詩を、ずっと大事にしておくんだよ」と言った。

彼は素晴らしい記憶力の持ち主だったようである。一九八七年五月トルファンで開催された「アブドゥハリク・ウイグル学術討論会」に招かれたとき、八十歳近くになっていたが、この詩を完璧に覚えていた。

二　骨から出てきた詩

アブドゥハリクの親友エクベルハンは、盛世才軍の兵士が、蜂起軍兵士とその協力者たち数百人を捕えてまわっていたとき、ちょうど近郊の村にある家に出かけていて難を免れた。彼が出向くわけにはいかず、二日に一度、十五、六歳の少年ムエッテルハンに食事を運ばせていた（エクベルハンは布地の店を経営していた）。

三月の初め、食事を運ばせたムエッテルハンがなかなか帰ってこなかった。心配でいても立ってもいられなくなっていたとき、彼が帰ってきた。何かあったのかと聞くと、別に何もない、皿が戻ってくるのが遅かったのだ、と彼は答えた。エクベルハンは何かを感じたのか、皿を包んでいる布を開いた。大きな皿の中には子ヒツジの後ろ足の骨が入っていた。骨の髄がきれいに吸われているその骨の空洞を見ると小さな紙が入っていた。急いで取り出してみると、幾重にもたたまれたその紙に、詩が書かれていた。

詩が浮かんできたときに書きとめることができるように、アブドゥハリクは常にペンとノートを身に付けていた。このとき捕えられた者は数百人にのぼる。身体検査などするひまもなく牢獄に投げ入れられたのだろう。

親友は必ず見つけ出してくれるに違いないと信じ、彼はこの紙を入れたのだ。

目を閉じていても　眠っているのか起きているのか　分からない
目を開けていても　暗いのか明るいのか　分からない

立ち上がって歩こうとしても歩けない　これは何という現象
踏んでいるこの土地は　危険な断崖なのか　分からない

いまこの瞬間　憂いと悩みを語り合える友は　ああ　どこにいる
哀れなウイグルよ　己を隷属の状態にしたままでいられるのか

エクベルハンは途中で胸がいっぱいになり、最後まで読み続けることができなかった。

「民族、民衆、自由平等、解放だと言っていたから、あんたはこんな災難に遭ったんだ。詩人よ、生きるために何の不足があった。あんたには金も財産も、土地も水[1]も、名誉だってすべてがあったじゃないか！」

エクベルハンは叫び声を上げた。それを聞いた妻セノウベルが奥の部屋から飛び出てきた。見ると夫が手にしている紙にアブドゥハリクの詩が書かれてあった。彼女は涙を流しはじめた。エクベルハンは続きをムエッテルハンに読ませ、彼が一行読むたびに、ああ、ああ、とため息をついた。

ムエッテルハンが読み終ると、エクベルハンは彼と妻に言った。

「この詩のことはだれにも言うんじゃないぞ。詩人が出てきたら本人に聞いて、いいと言ったら記念にもらって、とっておくことにするからな」

(1)乾燥した砂漠地帯では「一滴の水は一滴の血」と言われるほど水は貴重である。トルファンでは昔から地下トンネルで地上に導かれるカレーズと呼ばれる用水路を利用して、農業用水や生活用水を手に入れてきた。当時はカレーズには所有者がいて、農民は彼らに水代を払って耕作していた。いっぽうカレーズの補修や管理は所有者（地主が兼ねることもあった）の責任であったが、大きな砂嵐に襲われたときなどは、土手の修理や中にたまった土の除去などで莫大な費用がかかった。

アブドゥハリクが幼少のころ、トルファンのある村でカレーズの修理費用を捻出できなかった所有者が、アブドゥハリクの祖父と父親にカレーズの所有権を大金で譲り渡すというできごとがあった（二人にとっても重要な商品である綿花や果物が採れなくなることは大問題であったので、これは当然の成り行きであった）。ここで「水」と言われているのはこのことを指している。

三　最後の詩

三月十三日、獄吏の「外に出ろ」という命令で、アブドゥハリクは部屋の外に出た。外には床屋がいて、彼の髪とひげを剃った。それから小さな部屋に連れて行かれた。そこにはイスと机が置いてあり、アブドゥハリクが椅子に座ると、獄吏がお茶とポロを運んできた。ポロの匂いで、それが家や友人から差し入れされたものではないとわかると、アブドゥハリクはこれから起こるであろうことを一瞬にして悟った。彼はお茶を一口だけ飲んだ。

アブドゥハリクはそのあと盛世才のいる部屋に連れていかれた。堂々とした態度でまっすぐに立っている詩人に、盛世才は「民衆を扇動した罪は重い、だれがお前にそんなことをさせたのか」と聞き、そばにいた将校にアブドゥハリクの足枷《あしかせ》を外すように命じた。足枷の鎖は切断面が尖っていて、歩く度に皮膚を刺し、彼の足は血に染まっていた。将校が足枷を外すと、アブドゥハリクはイスに座った。そして、自分は自由平等のために戦っただけで、何の罪も犯していないと答えた。盛世才はいろいろな質問をしたが、詩人から返ってくる答えは盛世才をいらいらさせるものばかりだった。

「これが最後のチャンスだ。協力してくれたらお前の罪を許す。さあ、早く話せ」

アブドゥハリクは、「兎のように震えながら、千年支配されて生きるより、虎のように生きる一日のほうがいい。両手が同胞の血でまみれている死刑執行人とは話したくない」と言って、響きわたる声でその場で詩を詠んだ。

お前たちは民衆から　数多《あまた》の呪いを受けよう
血を吸う野蛮な暴君たちよ
罪なき人々を殺した　獣のような
残忍な　暴君たちよ

四　一九三三年三月十三日

空には霧がかかっていた。トルファンの街にはたくさんの兵士がいた。家の屋根の上にも銃を構えた兵士がいた。

午前十時ごろ、手を後ろで縛られ、足を鎖でつながれた十七人を、三十人ほどの兵士が追い立てるようにしてやってきた。十七人の中にはアブドゥハリクのほか、トムル稽査、回族のスン・シャオ、友人アブドゥラフマン・カーリーとポラト・カーリーも含まれていた。みんなの首の後ろには長い板がさしこまれ、筆で「反乱者の悪人」と書かれ、上から赤い×印が付けられていた。

彼らの後ろを行く兵士たちの中央で、盛世才が胸を張って馬にまたがっていた。

先頭を歩いているアブドゥハリクとその後ろを行くトムル稽査の口には布が詰め込まれていた。アブドゥハリクは口を何度も肩にこすりつけ、布を口から取り出そうとしていた。

一人ずつ殺されていった。最初に殺されたのはスン・シャオだった。カズィハナ・モスクの前の広場に着くまでにすべてが切り殺され、ただ一人、アブドゥハリクだけが残った。彼は口の布を取り、つばをはいた。そして盛世才に向かって漢語で叫んだ。「独裁政権の擁護者、悪魔の死刑執行人め！　自由と平等のために流されたこの血の海の中で、お前は必ず死ぬ。独裁者よ、死ね！」

「切れ！」と盛世才は叫んだ。

死刑執行人の最初の一振りが、アブドゥハリクの肩に当たった。

「自由万歳！　革命万歳！　みんな、さようなら」

首のない詩人の遺体が、血に染まって倒れた。

広場の周囲に集まっていた老人、若者、女、子供たち、すべてが泣きはらした真っ赤な目をしていた。


アブドゥハリクが最後に詠んだ詩は、アブレット・カーリーという人物によって記憶されていた。処刑の場に連れて行かれるときアブドゥハリクが声を張り上げて叫んでいるのを、彼が床屋の店先からのぞいていたのだ。

我々は　いずれ死ぬ
死を恐れる者は　腑抜《ふぬ》け
頭を上げろ
真っ直ぐに立て
戦って死んでも　花を咲かせるぞ！

終章

アブドゥハリクを処刑した翌日、盛世才は部隊を引き連れウルムチに向けて慌ただしく出発した。詩人を処刑する四時間前に、金樹仁から、ただちにウルムチに帰ってこいという電報を受け取っていたのだ。

二日後、ホジャニヤズとマフムト・ムヒティたちの部隊がトルファンに向かってきているということを聞いて、トルファンの護りに残っていた政府軍兵士たちも、ウルムチに向かって逃げてしまった。トルファンは再び、蜂起軍の手に戻った。

命の恩人を売り渡したローズィ・モッラーの最期は、因果応報という言葉の通りだった。トルファンに入ってきたホジャニヤズの配下の若者たちが縛り上げたローズィ・モッラーをホジャニヤズの前に連れてきた。そして彼が盛世才の通訳に渡したあの紙を渡した。前の日の夜、盛世才の陣営に捨てられていた紙くずの中から見つけだされたものだった。

「読んでくれ。声を出して読んでくれ」と、ホジャニヤズは、隣にいたターバンを巻いた男にその紙を渡した。彼が手紙を読み終わるか終わらないかのうちに、群衆は海のようにどよめき、こぶしを振り上げ、怒りの声が稲妻のように響きわたった。ローズィ・モッラーはホジャニヤズが撃った一発の弾丸で亡くなった。そのあと、群衆は血にまみれて横たわっている彼の死体を踏みつけ、めちゃくちゃにした。

一九三三年四月十二日に起こったクーデターで金樹仁が主席の座を追われてから、盛世才は新疆省の最高権力者の地位についた。それからは日和見《ひよりみ》主義的に方針を変え、ソ連に寄ったり中華民国に寄ったりしながら激しい粛清を行い、彼が統治した十一年のあいだ、四〇〇万人の人口の新疆で十二万五〇〇〇人以上の人々が投獄された。そしてその中の十人に九人が処刑されたり病になって命を落とした。

一九四四年、国民党が新疆を接収して盛世才を重慶の農林部長にするという名目で新疆から離れさせたとき、彼は莫大な量の金塊、宝石、皮や角を運んでいった。一九四九年、国民党と共に彼も台湾に渡った。そして総統府の国策顧問、国防部上将高級参謀、行政院計画委員などの閑職に就いた。

だが、台湾にも彼の大量殺人の話は伝わっており、実際に迫害を受けた人々もいた。一九五四年三月に開かれた国民党大会で、代議員たちは盛世才が新疆で行なったその犯罪行為を告発した。蒋介石(1)はその大会で総統の任期を無期限とする憲法をつくることを図っていたので、盛世才のせいで代議員との関係が硬直してしまうことを恐れ、盛世才に対する審問を開始すると発表した。盛世才は政界から身を引き苗字を顔《イエン》と自称し、公の場から姿を消した。

一九六〇年代、台北南京東路五段二九一巷にすむ住人は、真っ白いひげをたくわえた白髪の老人が質素な服を着てサンダル履きで食料品を買っているのをいつも目にしていた。たまに「あなたは盛《ション》さんではないですか」と言ってくる者がいると、彼はいつも「人違いです。私は顔《イエン》という者です」と言って、その場を逃れていた。

盛世才は自分が恨みを買っていることを知っていたので、いつも刺殺されるか毒殺されるかと心配していた。それは一九四九年に蘭州郊外にあった妻の父親の邸宅で、子供から大人まで十一人が惨殺されるという事件が起こったからである。犯人はかつて盛世才に身内を殺された東北抗日軍に属していた兵士だということだった。

そのニュースは台湾にもすぐ伝わってきた。それ以来彼は、食べる物はすべて自分の手で調理し、贈られてきた食品は絶対食べずに、すべて隣人に与えた。

隠退はしたものの、民衆の彼に対する恨みは変わることはなく、台湾の民衆もずっと彼を監視していた。一九七〇年七月一三日、盛世才は七五歳で病死し、その罪深き一生を終えた。

なぜ盛世才のその後について長々と書いたかというと、実は新疆留学時代に印象的なできごとがあり、ずっと盛世才のことが気になっていたからである。ウイグル語の先生との会話の中で盛世才の話題が出たとき、私は「ひどい事をさんざんしておいて、最後まで楽に暮らしていける人もいるんですね」と言った。そのとき手元にあった『中華民国史辞典』には「盛世才は台湾に行ったあと政商になった」と書いてあったからだ。するといつも温和な彼女が「ろくな死に方はしてない。きっと苦しんで死んだはずだ」と吐き捨てるような口調で言ったのだ。苦しんで死んだかどうかはわからないが、いつか誰かに殺されるかもしれない、という恐怖心を持って暮らしつづけるのは、やはり幸せだったとは言えないだろう。

……………………………………………

(1)蒋介石(一八八七〜一九七五)は孫文の後継者となり中華民国の統一を果たし、初代中華民国総統となった人物。後に起こった内戦で毛沢東率いる中国共産党に敗れ、一九四九年に台湾に移り、死ぬまで国家元首の地位にあった。

第二部　アブドゥハリク・ウイグルの詩

アブドゥハリク・ウイグルは幼少期より恵まれた文学的環境の中で育ち、十四、五歳のときすでに詩を詠んでいたが、公に発表された詩は妻アイムハンと出会った後、彼女に想いを打ち明けたいという情熱の中で詠まれた「ウイグルの娘」が最初だとされている。この詩は結婚後にアイムハンの友人たちが次々に書き写して広まり、いちやく若い詩人の名が友人、知人のあいだで知れわたることになった。

彼は幾つかの定型詩の詩型を用いて詩を詠んでいるが、好んで用いた詩型は「ガザル」と呼ばれるものである。ガザルの歴史をひもとくと、イスラム教が勃興する前の時代のアラブの詩で、同じ韻律と脚韻を持つ「カスィーダ」にまでさかのぼることができる。

アラブ人の社会では言葉が力を持つと信じられ、詩人は重要な役割を担っていた。カスィーダの内容は、勇者や権力者を讃える頌詩、故人を悼む挽歌、敵対する相手を中傷するような詩までさまざまであり、カスィーダ詩人は王族や富裕なパトロンの好む詩を詠んで報奨を得たり、己の名声を高めるために人々が多く集まるところで自慢の詩を披露し合った。

カスィーダは長いものでは百を超えるシェール[1]（詩句）から成り立っていたものもある。このカスィーダの導入部分では、本題に入る前に春の情景や青春の素晴らしさなどが詠み込まれていたが、やがて導入部分が独立したかたちで恋愛を主題とした詩が詠まれるようになった。アラブ文学における「恋愛詩」という意味を持つガザルが誕生したのである。

カスィーダや恋愛詩ガザルはアラブ文化の一つとして、北アフリカ、スペインなどの地中海沿岸地域や中東にも伝えられ、イスラム教が誕生したあとは、イスラム教の伝播と共にさらに遠方にまで伝えられることになった。基本的にカスィーダもガザルも、文字によって詩集が編まれるようになるまでは、口承によって伝えられるものであった。

アラブ文学の中では恋愛詩という意味で用いられていた「ガザル」という言葉は、ペルシャ文学に取り入れられると一つの詩型の名称となった。そしてサアディー（一二一三?～一二九二）やハーフィズ（一三二六頃～一三九〇）といったペルシャの有名な詩人たちも、多くの素晴らしいガザルを詠むようになった。これによりペルシャ文学においてガザルが思想や感情を表現することのできる定型詩の一ジャンルとして確立すると、ガザルは中央アジアや南西アジアにも広く伝わっていった。アブドゥハリク・ウイグルが尊敬してやまなかったナワーイー（一四四〇頃～一五〇一）は、文学用語としてはペルシャ語が優勢であった時代にチャガタイ・トルコ語[2]でガザルなどの詩を詠み、チャガタイ・トルコの語の文学用語における地位を確立した人物として有名である。

ガザルは長い進化の過程で、定番となる象徴表現や比喩を獲得した。イスラム神秘主義者がガザルを利用して、神を恋人に喩え、人間への愛を「仮の愛」、神への愛を「真の愛」、と名付けて布教したことからガザルの比喩と象徴表現はさらに拡大した。「炎に群がる蛾」は、炎が恋人であり蛾が恋する者であると同時に、炎が神であり蛾が神の助けを願う人間である、という解釈などが成り立つようになったのである。

アブドゥハリク・ウイグルは文字も知らない幼いときから、有名な古典詩人たちの詩を聞きながら成長したのだから、その初期の詩には定番の比喩が多用されているのは当然である。「ウイグルの娘に」では、目は水仙、歯は真珠、まつ毛は槍、黒髪は恋敵の心という比喩が使われているが、アイムハンの美しさを讃えるために、ありったけの自分の知識を注ぎ込んでペンを走らせている姿が浮かんでくる。

アブドゥハリク・ウイグルは初恋の人を伴侶とし精神的な安定を得てから、精力的に詩を詠むようになった。そしてその詩の内容に変化が見られるようになった。第一部の第二章「闘う詩人の誕生・タハッルスはウイグル」にも書いているように、詩人は「ウイグル」というタハッルスを用いるようになったときから、定型詩の決まりごとの枠からはみ出た詩を詠みはじめるようになっている。それとともにガザルによく見られた定番の比喩や象徴表現が少なくなり、わかりやすい比喩が用いられるようになった。アブドゥハリク・ウイグルにとって最も大事なことは、人々に強く訴える力を持っている詩を詠むことだったからである。

アブドゥハリク・ウイグルは、韻を踏みリズムのパターンを持つ古典詩の詩型を用い、それまで古典詩で使われていたチャガタイ・トルコ語ではなく現代ウイグル語を使ったので、民衆はすぐに彼の詩を覚えることができた。これは古典詩を熟知していたアブドゥハリク・ウイグルにしかできなかったことであろう。この点でアブドゥハリク・ウイグルは古典詩と現代詩をつなぐ役割を果たした詩人であるとも言える。

彼の後期のガザルには直接的な表現が多く用いられるようになり、固有名詞も詠みこまれている。トルファンの街の様子、トルファン民衆蜂起の場面を描いた詩は、記録映画の一場面のようである。

アブドゥハリク・ウイグルは牢獄で、即興であろうと思われるガザルを母親に宛てて詠んでいる。

手は縛られ目隠しをされ　体は苦痛を受ける
この苦痛　これほどの痛みに　命が耐えうるのか
……………
獄吏たちの虐待は止まぬ　だが聞くがいい
アブドゥハリクは己の言葉を違《たが》えることはない
この体が　苦痛の中で切り刻まれようと
民衆のために捧げられるなら　それ以上の望みはない

牢獄で詠まれたもう一つの詩がある。いつ詠まれたのかはわからないが、アブドゥハリク・ウイグルは差し入れられた羊料理を食べたあと、骨の空洞の中にガザルを書いた紙を入れて親友エクベルハンに届けた。「憂い」と題されたこの詩は、二十一シェールから成る非常に長いガザルである。〔※彼の最も長いガザルは「有る」で二十三シェールあり、「憂い」は二番目の長さである。〕

牢獄で詩を詠むこと自体、一般の人間には考えもつかないことである。それなのに、ガザルという、知識と技巧を要する詩を詠んだというのが驚くべきことである。

(1)シェールはバイトとも呼ばれ、ミスラと呼ばれる一行の詩が二つ集まったもの、つまり二行詩のようなものである。カスィーダおよびガザルはこの二行詩であるシェールが幾つか組み合わされて成り立っている。日本では「詩句」という訳語が与えられることもある。

(2)チャガタイ・トルコ語はティムール朝で発達し国家の公用語として用いられ、十六世紀以降も中央アジアの広範囲で共通の文章語として機能していた言語。

アブドゥハリク・ウイグルがガザルのほかに好んで用いた詩型に、四行詩がある。本訳の底本とした『咲け（Achil）』（新疆人民出版社、二〇〇八年）では、ガザル（二十五篇）とほぼ同数の二十四篇が四行詩で詠まれている。

〔※このほか『咲け』において詩人が用いた詩型には、古典詩の五行詩が四篇、六行詩が一篇、二行詩が一篇、そして小片としてまとめられているルバーイー（古典詩における四行詩）がある。〕

四行詩はウイグル民謡の歌詞としてよく用いられているものである。

一九三〇年の夏、アブドゥハリク・ウイグルは「赤い花」という四行詩を民謡歌手でタンブル〔棹の長い撥弦楽器〕を弾くクルバン・タンブルのところに持っていき、「この詩に曲を付けてくれ」と頼んだ。クルバン・タンブルは彼の依頼に興味を持ち、いろいろ話し合いをしながら作ったが、なかなか彼を満足させるものをつくることができなかった。そのとき、クルバン・タンブルはふと、当時よく歌われていた「花よ、咲け」という民謡のメロディーにのせてみたらどうかと思いついた。これがうまくいき、その歌に「咲け」というタイトルを付けた。

クルバン・タンブルや弟子たちは結婚式や祝い事の席に呼ばれて演奏するたびに「咲け」を披露した。最初のうちは古い歌詞のほうがいいと言っていた人々も、そのうちに新しい歌詞を受け入れるようになった。アブドゥハリク・ウイグルたちが開校した学校でも生徒に教えられて、急速に広まっていった。

「咲け」はクムルにも広がり、一九三一年の春に起こったクムルの民衆蜂起では、蜂起軍の兵士たちが自分たちを鼓舞するために歌い、クムルじゅうに響きわたった。トルファンの行政庁長官はこの状況を見て恐れ、その年の夏には、人心を惑わす歌であるとして「咲け」を歌うことを禁じたほどである。

民謡でもよく使われる四行詩は一行の単語数が少なく、脚韻の踏み方もかなり自由である。アブドゥハリク・ウイグルは街に出かけたときや友人たちとの歓談のときに、よく四行詩で即興の詩を詠んだ。また、みんなも彼が詩を詠んでくれることを期待した。

あるとき、通りで知り合いの兄弟がつかみ合いのけんかをしているところに出くわした。周囲にいた人々が止めに入るが、けんかはさらに激しくなっていった。アブドゥハリク・ウイグルが仲裁に入ってわけを聞くと、商売の利益の分配をめぐってもめていたということである。アブドゥハリク・ウイグルは、いま詩ができたから聞かせよう、と言って大きな声で披露した。

限りない欲を持つ欲張りの
血は金《かね》でできている
頭を地につけ礼拝しても
欲張りが拝むものは金

一人の友が一人の友に
恨みを持つのは金のゆえ

仲良しの兄と弟が
敵同士になるのも金のゆえ

野次馬たちは「まったくそうだ、そのとおりだ」と言って、「自分たちが止められなかったけんかを、詩人は詩で止めた」としきりに感心した。争っていた二人は、恥ずかしそうにその場を去ったという。

アブドゥハリク・ウイグルの詩を聞くのを友人たちは楽しみにしていた。何日も聞いていないから聞かせてほしいと、わざわざ家を訪ねてくる者もいたほどである。アブドゥハリク・ウイグルはチェスをするのが好きで、親友エクベルハンが営んでいる生地屋の隣の家で友人とチェスを楽しんだが、負けず嫌いで勝つまでやり続けた。疲れた友人たちが彼にチェスをやめさせるために、「詩人よ、何か聞かせてくれ」とリクエストするとやっとチェスをやめて、ポケットからおもむろに詩を書いた紙を取り出して、朗誦して聞かせた。彼のほうも、友人たちに詩を聞かせるのを楽しみにしていたのだ。

アブドゥハリク・ウイグルにとって、詩というものは、美しい言葉をあれこれ考えながら選び、韻をきちんと踏むように並べ替えて創り上げるようなものではなかった。彼にとって、詩を詠むことは呼吸するのと同じように、生きるために必要なことであった。彼は詩人になったのではなく、詩人の魂を持って、闘う詩人として生まれてきたのである。

※※※※※※※※※※※※※※※※※※※※※※※※※※※※※※

ウイグルの娘よ

ああ　美しい人よ　お前に出会ったその夜　驚きに我を忘れた
お前の顔は　満月のように光り輝いていた
太陽が嫉妬して　油をふりかけたのではないか
その顔に痣《あざ》があるのは　そのせいではないか
お前を一目見ただけで　恋におちた
水仙のようなその目が　稲光のように輝いた

お前の唇は　柘榴《ざくろ》の実よりも艶やかで赤く
歯は真珠　口から出てくる言葉は優しく甘い

その眉は　(1)シャッワル月の新月のよう
お前の前では　王も乞食も等しくひれ伏す

薔薇《ばら》にも似たその顔の　目には魔力が隠されている
まつ毛は槍　見るたびに心臓に突き刺さる

その髪は　恋敵《こいがたき》の心のように真っ黒
絹のように柔らかな風を送って　心を傷つける

お前の手は白く透き通って　光を放つよう
この無骨な手が触れたら　腫れてしまいそう

白く輝く肌は　まるでダイヤモンド
(2)ヘンナで染めたその爪は　(3)バダフシャンのルビー

ほっそりとした体は糸杉のよう　ああ
これほどの美しい人を　見たことはない

あなたが少しでも動くと　その髪が美しく波打つ
愛を恵んでくれと願い　私はただ涙を流すだけ

一九一九（一九一七）

（1）シャッワル月はイスラム暦十番目の月。九番目の月は断食月となっていて、シャッワル月の第一日目に断食明けの祭りが行われる。ここでは特に神聖な月の新月を意味している。
（2）ミソハギ科の植物で、この植物の葉からとれる染料のことも指す。髪や眉、手足、爪などを染めるのに使われる。
（3）バダフシャーンはアフガニスタンとタジキスタンにまたがる山岳地帯で、宝石が採れるところとして有名。

バフティグリ

ある日のこと　通りで美しい人を見かけた
いったいどの山に住む妖精か　どこの花園の花なのか

一目で心に愛の火がついた　あの人は私の命を奪ってしまった
災難に遭ったのだ　マラリアにかかったように震えがきた

ただ一度見ただけで　悲しみに捕らえられてしまった
もう一度会わずして　傷だらけの心がどうして癒されよう

その姿を見ただけで恋に落ちた　心が落ち着かぬ
愛の火　それは地獄の火　もう心は耐えられぬ

何度もあとを付いていったが　気づいてはくれなかった
あの人の心には　哀れな男の占める場所はないのかもしれぬ

何度も「心」に言い聞かせた　「むだなことをするな」と
「心」はこたえた　「一度でも会えれば　望みはむだにならぬ」と

聞き分けのない「心」は　日に千度もあなたのもとに通っている
何たること　まったく疲れを知らぬとは

そうか　いま分かったぞ　みんな聞いてくれ
「心」は幻想の住む場所　あの人の名はバフティグル（幸運の花）

アブドゥハリクよ　あの人に逢いたいと望んでいるのなら
他人《ひと》の目からはそっと隠し　心の中に秘めておけ

一九一八

愛しい想い

ああ　妖精のような人　お前が去ってこの世は真っ暗になった
私を一人にして　ああ　こんなにひどい有様《ありさま》にした

別れのときに見せてくれた　あの思いを告げるような視線
離れていくしかなかったお前を　何もできぬまま見送った

姿が見えなくなるまで　私は立ちつくしたままだった
お前は行ってしまった　もう何にも考えられなくなった

泣いてもお前は戻ってはこなかった　私の涙に少しも心を痛めなかった
便りもなく　消息もなく　ああ　いったいどこへ行ったのだ

道は遠い　行く手立てがないと　言い訳などするな
我らに姿を見せてくれぬのなら　夢に現れて語ってくれ

「見える山は遠くない」[1]　アブドゥハリク　望みを持って待て
恋い慕うものはやってくる　そのとき世の中は　きっと澄みわたる

(1)どんなに困難でも努力すれば望みは実現する、という意味で使われる成句。

待つ

恋人よ　お前は行ったきり
一度も帰ってこなかった
手紙もなく　消息も伝わらず
何かがおかしいと思った

何度も何度も　思い出し
何日も何日も　待ち続け
会う人ごとにお前のことを知らないかと尋ね

失望して　家に戻った

夜に眠りは訪れず
心には火が付いたよう
痛みはもう耐えられぬほど
私を困難に陥れる

待ち続け　涙を流し続け
目は見えなくなった
あの人が火を付けた
空には火花が放たれた

横たわって考えても
そばには来てくれなかった
私の心を切り刻んで
無限の苦痛を与える人よ

あの人が姿を見せてくれるかどうか
何度も何度も　考える
いつ戻ってくるのか　そう考えることが
私にとっての最も大事な仕事

眠れぬまま夜が更ける
体を横たえていても　眠りは来ない
これほどの苦しみを受けても
わずかも案じてくれることはない

毎朝　お前の住む通りに立って
扉の前で　乞い願う
心は落ち着かず　不安のままでいる
その姿を　はっきりと見せてくれ

お前の家の扉は　堅く閉ざされ
入ろうと思っても入れない

お願いだ　扉を開けてくれ
私の命を痛めつけないでくれ

お前は身を隠したままでいる
その顔を　どうか見せてくれ
私を火の中に投げ込んだのだ
その声を　どうか聞かせてくれ

ウイグルは　嘆きの涙を流し続ける
だがあの人は　少しも聞いてはくれぬ
それでも恋することをやめられぬ
だれにこのことを　打ち明けられよう

一九二一

希望の微笑《ほほえ》み

ねえ　きれいな娘さん
そうだ君だよ　私の恋人よ
知ってるかい　恋焦がれているのが
いったい誰なのか

恋の火の中に　投げ入れて
命をとって　行ってしまった
たまらなく寂しくなったとき
眠りをすべて奪ってしまった

人を酔わせるその仕草
ほかの娘が　嫉妬する
お前を見た若者たちは
お前の話で　喧々囂囂《けんけんごうごう》

いつかその日がやってくる
花開くときが　やってくる
ウイグルの犯した過ちは
そのとき帳消しになるだろう

有る

無知ゆえに　いつの日か必ず　我らには苦難が訪れよう
教えてくれ　我らのいまの在様《ありよう》の　どこにどのような価値が有る
時局を見極めることもなく　誰かを　郷約《(1)シャンヤウ》　にしては
彼に怒りや不満をぶちまける　それだけが有る
努力して知識を得ることに　心を砕くことはなく
学ぼう　学ばせようと　ぺちゃくちゃ唱えることだけが有る

我らの間には　互いを助け　支え合うどころか
立ち上がる者の頭を　たたいて倒す悪習だけが有る

故郷のため　皆が心を一にして　金を出すのは困難の極み
結婚式がどこかであれば　行って泊まって　散在する金は有る

皆の利益になることは　百年経っても理解できずに
害をもたらす行いを　熟考もせず　すぐにやってしまうことは有る

だれかが善行をしても　彼を誉め讃えることはない
失敗したら　それ見たことかと欠点を暴露することは有る

民族のために　資金が必要となったとき
「金《かね》はない」と言いながら　己の金を崇拝することは有る

我らには　同胞愛はかけらもない

友人となっても実は　その目的は別に有る
友が知らずに犯した　たった一つの過ちを
かばうどころか　探して十に増やすことが有る

祖先の栄光と情熱を　わずかも懐かしむことをせず
無知のまま目を閉じて　ほら話にうつつを抜かすことは有る

してもしなくてもいいようなことに　命を捧げんばかりなのに
巡礼者のために金《かね》を集めると言ったら　さっと逃げ出すことが有る

冗談が過ぎて　けんかが起こったら
仲裁はせずに　火に油を注ぐようなことが有る

世辞と追従《ついしょう》にかけては　我らより優れた技を持つ者はない
ずるがしこく立ち回り　いろいろな嘘をつくことが有る

我らには「犬[2]は己を打つ者が好き」という言葉があるとおり
卑屈になって　旦那衆　お役人　お偉方を太らせることが有る

科学の道を行く者は　飛行機で空を飛び　船で海を渡っているのに
我々にはロバもなく　歩いていくしかないことが有る

エンジンの音を立てて自動車がやってきた時　「これはいったい何なのだ」と
何も考えることもできず　ただ茫然として驚いたことが有る

「技術も進歩したものだ」と　言うだけで終わり
お粥《かゆ》の茶碗を　手作りで小さな窯で焼くことが有る

天国のような山河を　美しく保とうとすることはなく
何も考えないままに　惰眠をむさぼることが有る

技術者や学者　見識を備えた人々ではなくて
強欲で　迷信深いモッラー[3]たちを　大事にすることは有る

自分は何もできないくせに　人を妬《ねた》んで
「やるぞ！」と決意した者を　誹謗中傷することが有る
ふるさとの苦しみに　我らはほんのわずかの役にも立たぬ
いつかその日がやって来たら　悔んでも悔みきれない後悔が有る
もういい　アブドゥハリク　心煩わせるな　弱音を吐くな
その日が来たら　我らには苦痛を受け入れる覚悟が有る

一九二一

（1）郷約は村落の一般行政事務に当たらせるために設けられた役職。新疆省が設立されたあと、それまでのベグと呼ばれていたウイグル人役人の中から選ばれた。名前が変わっても権威をふりかざして数々の不正を働く者が多かった。
（2）犬は打たれて躾けられ飼い主に忠実になることから、従属の状態にあってそれを利用する下劣な人間を指すときに用いられる。
（3）モッラーはイスラム教の教義を学んだ学者や知識人のこと。モスクで礼拝の先導をしたり教師になることができる。

心が萎《な》えた

月明かりの下
恋人の姿が目の前に浮かぶ
道連れは私の影
共にいるのは孤独

影は私と同じ
かたちはあるが声はない
動いてはいるが
実体はない

恋人は去ってしまった
苦痛のあまり　顔色は失われ
酷《ひど》いありさまになってしまった
ああ　これ以上の悲しみはない

恋人が行ってから　おかしくなった
行ってしまうなんて　思ってもみなかった
恋人がいなくなってからずっと
心は萎えたまま

一九二三

目覚めよ

ああ　ウイグルよ　眠りは足りた　目覚めよ
お前に失う物はない　あるとすれば　それは命
死の淵から　お前自身を救わねば
ああ　お前を待つのは　身の危険

起き上がれ　頭を上げろ　眠気を払え！
敵の首を刎《は》ねよ　その血をまき散らせ

目を見開いて　注意深く四方を見なければ
何もできずにいつの日か　無念の思いを抱えて死ぬだろう

お前の体からすでに　魂が抜け出てしまったようではないか
死ぬことを　それほど気にかけていないのは　そのせいか
呼びかけても　身動き一つせず横になったまま
そのまま目覚めないで　死んでいくつもりなのか

大きく目を開けて　周りを見ろ
お前の将来を　よく考えてみろ
この貴重な時を　失ってしまったら
お前を待つのは　大きな厄介ごとだ

お前のことを思うと心が痛む　ああ　我がウイグルよ
我が戦友よ　兄弟よ　親戚よ
お前のことが心配で　起こそうとしているのに
耳を貸そうとはしない　いったいどうしたんだ？

いつかその日が来たら　必ずお前は後悔するだろう
その時に　私の言葉の　本当の意味がわかるだろう
「ああー！」と嘆いても　もう遅すぎる
その時にやっと　ウイグルの言葉を認めるだろう

一九二三（一九二〇）

さようなら　ではまた

あの人は　私の心を奪って行ってしまった
身動きもできぬまま　私は棒のようにつっ立っていた
美しいその目とまつげで　私をちらりと見て
鉛を融かすように　硬い心を融かしてしまった
私を見つめて　あの人は言った

「あなたを想う心が旅の道連れ　お元気で」
為《な》す術《すべ》もなく　私は応《こた》えた　「どうかご無事で
目的の地に至るまで　平穏に過ぎますように」
手を握り締め　しっかりと抱き合った
長い口づけを　かわした
「さようなら　ではまた」と言って　別れるしかなかった
ウイグルは正気を失った　私は何たる不運な者よ！

一九二三

トルファンの夜

何という暑さ　何という湿気
息苦しい　トルファンの夜

檻の中に押し込まれたよう
汗がしたたり落ちる　トルファンの夜

平原から吹いてくる熱風に
赤子はゆりかごの中　汗を流して泣き声をあげる
母親は　子守唄を歌ってあやす
蒸し暑い　トルファンの夜

空では　満天の星が輝く
庭では　すべての花が萎《しお》れる
人々はうちわを手にして　文句を言う
蒸し暑い　トルファンの夜

故郷の人々は　老いも若きも
桑の実が落ちるように　涙を流す
いつ夜が明けて　太陽が顔を出すのか
長くて暗い　トルファンの夜

いつ朝になり　黄金の光がさしてくるのか
「来ないかもしれぬ」と案じて　騒ぐな
空は少しずつ明るくなり　夜が明ける
朝は必ずやってくる　トルファンの夜

一九二三

春の花がくれた力

美しい花よ　お前に酔わぬ者はない
その美に酔った者はみな　狂おしい想いにとらわれる

冬のあいだずっと　厚い雲の下　私は凍っていた
太陽の姿は見えず　心は憂いに沈み　息が詰まったようだった

弱り切ったこの胸で　あの人を想い続けられるだろうか

焦がれる想いに苦しみ　あの人の口から出た言葉だけが残る
夜に　私は花を見た　まるで恋人といっしょにいるようだった
思わず涙を流し　望みを訴えた

私は言った　「愛する人よ　私の望みを叶えてくれ
お願いだから　数日でいい　私のそばにいておくれ」

望みをすべて　お前に告げることができたら
心の中が　晴れるだろうか

ああ　美しい人よ　なぜお前には　誠実さのかけらもないのだ
焦がれて気が狂い　この命を苛《さいな》んでいる

どうか報奨を与えてくれ　恋人の心を安らかにしてくれ
裏切らないでくれ　嘘の誓いなど立てないでくれ

私の言葉を聞くや　花の目からは涙がこぼれ落ちた
私は後悔した　「うかつなことを言ってしまった」と

世界が闇に覆われた　目の前が真っ暗になった
私の目から　ひとりでに血の涙が流れ出た

花の女王は　打ちひしがれた私をじっとみて　心を痛めて言った
「かわいそうに　恋する者よ　なぜそれほどひどくなってまで……」

私は嘆き悲しんで　言葉が口から出てこなかった
目の前にいるその花は　赤い熾火《おきび》のようだった

あの人が言った「ああ　かわいそうな人よ　泣かないで
私に分かるまで　心の内を話しなさい　そして命を捧げなさい」

私は泣いて訴えた　「天は私を　いったいどうしようというのでしょう
涙を流す以外に　下僕《しもべ》には何も残されてはいないのです」

あの人は言った　「ああ　愚か者よ　天が冷酷なものだと知らなかったのか
だが見たことがあるだろう　同じ蔓《つる》に千の瓜(1)が生っているのを」

一九二三

(1)同じ両親を持つ兄弟、同胞、という意味を持つ「同じ蔓に生る瓜」という慣用句があり、ここでは「たくさんの同胞がいる」という意味で使われている。

お前はどこにいる

この詩には民謡歌手クルバン・タンブルが曲を付けている。

ああ　私に愛の火をつけ　理性を奪ったお前は　どこにいる
憂いの雨を降らせ　想いの虜にしてしまったお前は　どこにいる
私に恨みでもあるのだろうか　ただ私一人を押さえつけている
夜に訪ねてきてはくれないだろうか　愛《いと》しい人よ　どこにいる

この世はお前には狭いのか　共に居るのを恥ずかしく思うのか
私は時代の苦しみを受けているのに　さらに恋の苦しみを与えたお前は　どこにいる
お前がいなければ　この世は真っ暗な闇　お前からの光はいつ放たれるのか
命を捧げたのに　盾となってはくれないのか　いったいお前は　どこにいる　一九二三

春をつくれ

恋人は来なかった　心は憂いに沈み　嘆きの声をあげた
喜びはすべて失われ　想いは千々に乱れた
一人で待った　日が暮れるまで一人で待った
どちらからやってくるかと　ただ待ち続けた

ああ　夜でもいいから　あの人が来てくれたらと願った
ひとこと　時間の約束をしてほしかった

「待っていろよ」と心に言い聞かせ　落ち着くことができたのに
望みを抱いて　心静かに過ごすことができたのに

いつだったろう　恋人は宮殿に入ったきり　出てこなかった
憐れみの心を　私に示してくれることはなかった

恋人よ　お前の宮殿の前に　行くことはかなわぬ
何匹ものエジュデハー(1)が　見張りに立っているから

はるかかなたから眺めても　徒労に終わった
お前は楼閣にさえ　姿を現わすことがなかった

「不実な恋人に期待などするな」とは　言うが
我知らず　あの人への想いはますます募っていった

あの人のほか　私が心を寄せるものは何もない
憂いを分かち合ってくれる道連れも　今はない

あの人と離れていても　いつも心はあの人に夢中になったまま
そうでなければ　どうして心が生きていけよう

あの人が　私のことを覚えているかどうかは分からない
覚えていても「見知らぬ人」と　思い込もうとしているのかもしれぬ

自分のことが分からない　あの人のことも分からない
私は不安と疑いの中で過ごすのが癖になった

お願いだ　その美しさを見せてくれ　隠れないでくれ
見捨てないでくれ　軽んじないでくれ　私のことを気遣ってくれ

望むのはただひとつ　一目でいい　あの美しい人が私を見てくれること

私の勇気の価値が　恋の市場で少しは見直されることだろう
この世のいじめを受けて　ああ　ウイグルの何たる窮状よ
冬が来て凍りつかぬよう　一刻も早く　春をつくれ

（1）エジュデハーは現代ウイグル語では「竜」という意味であるが、もともと古代ペルシャ神話やゾロアスター経典に登場する怪物の名で、三頭三口六目で翼を持ち、蛇あるいは竜に似た姿をしており、悪神の部下としてあらゆる悪を為すとされた。

同じ蔓《つる》に生る瓜

白く輝く月明かりの下　一人の男が
うつむいて目を閉じ　考え事をしていた
耳をすませていると　ため息が聞こえ

その顔からは　彼の苦痛が見て取れた
そっと近づき　「こんばんは」とあいさつをして
「いったいどうしたんだい」と話しかけた
彼はこたえた「こんばんは。でもお願いだ　何も聞かないでくれ
持病を刺激しないでくれ、行ってくれ」
私は言った　「おお、兄弟よ　お役に立てることはないのか
君の痛みはどこからくるのか　治すことはできないのか」
青ざめて私を見つめ　彼は頭を何度も掻《か》いた
眉間にしわを寄せたまま　月を見上げて語りはじめた
明け方ちかく　奇怪な獣が夢に現れた
イノシシなのか　悪魔なのか

夢の中で　ひどい頭痛に襲われた
手を尽くしても　痛みは去っていかなかった

ヒズルかイルヤース[1]のような　白いあごひげの老人が出てきて言った
「花の香に　お前の心を晴らす薬効があろう」

花を探すため　花園に向かって歩きはじめた
「花の香りが病を治せるのだ」という期待を胸にして

そのとき体じゅうに震えが走り　心臓が早鐘を打ちはじめた
頭が熱くなり　頭痛がひどくなった

見るとあの奇怪な獣が　花園の門番になっていた
大きさは犬と同じ　醜悪な顔をしていた

私は言った　「いったい　お前はどこから来たんだ
神よ　この化け物からお守りください

庭師がお前を見たら　絶対に許しはしない
お前を沸き立つ湯に入れて　屠《ほふ》ってしまうぞ」

私はその化け物の　卑しい顔をじっと見た
とそのとき　恐怖で目が覚め　身震いした

朝からいままで　まったく気分が晴れず
恐ろしい夢が　頭の中から離れない

「この夢の意味するところは何」と　だれにも聞けなかった
この夢の正しい解釈を教えてくれ　そばに来てくれ

「ああ　友よ　その夢は君の運命を表している
現実で見たことの本質が　夢の中で形になったのだ

私も長いこと　君と同じような思いを抱えて生きてきた

眠りは遠くに去ってしまい　夜通し歩き廻っていたよ

二人にとって　これは心の痛みを理解し合あえる良い機会
我々はもともと　同じ蔓に生る瓜(2)

好ましい道連れがいなければ　お前の心はふさぎこむばかり
ウイグルよ　良かったな　夜中に誠実な友を得ることができて

一九二五

(1)ヒズルは「命の水」を探し出して永遠の命を得たとされる聖人。イルヤースはイスラム教で認められる預言者の一人（キリスト教のエリヤ）。
(2)同じ両親を持つ兄弟、同胞という意味。

嘆き

私が上げる嘆きの声は　毎朝空高く昇っていき
天空に住む　天使のもとに届いた
私は思考の海に飛び込み　深く沈んだ
海に住む魚に　この体を捧げた

空に昇り　地にもぐり　お前と逢うことを望み続けた
四季の巡りの中　この習慣も繰り返されたのに
何の恩恵も受け取れなかった　お前はいったい何を企んでいる
私に面倒をかけることが　目的なのか

もしそうならば　喜んで面倒に巻き込まれよう
お前がそういう考えならば　ほかに私に何ができる
この苦痛を癒すことはできぬ　どんな治療も効かぬ
この身が砕け散ってもかまわない　私自身を捧げよう

お前に恋して身を焦がすことが　私の誇りだった
おまえのために　何度もこの命を　供え物にした
心臓を切り分ける必要はない　私が自分自身の手でやろう
私に優しくしてくれるかもしれぬと思い　お前の宮殿に願いにきた

王よ　憐れむことが　お前にとって本来の　ふさわしい仕事
自分で私を火に投げ入れたくせに　なぜ無関心でいられるのか
下僕《しもべ》を憐れむことは　お前の義務ではないのか
憐れんでくれ　憐れんでくれ　憐れんでくれ　神よ

明日かあさってに起こることさえ　お前は明らかにはしない
逢う約束をしないまま　私を殺さないでくれ
もし私が道をそれたら　その責任は取ろうじゃないか
だから哀れな詩人の要求を　受け入れてくれ

恥《はじ》

汽車に乗り　飛行機に乗って旅をする
それができるのは　正しい道を見つけた人

小便する牛を待ちながら　荒れ野をガラガラと音を立てながら
取り残されてしまうのは　荷車に牛をつなぐ人

戦場で着る服もないのに　あの人らが着ているのは上等の服
これほどのきつい労働をしても　被って寝るのはボロボロの布団

独裁者はワイロを取って　金を貯めこみ
役所に座っている者は　豚のように太る

圧政を受け入れ　頭を垂れて手を下に組んだまま
何を言われても「仰せのとおり」と言うのは　奴隷のやること

実権のない官職を得て　得意げに笑いながら
民衆をうんざりさせるのは　おべっか使いのやること

科学に道を開き　世界に飛び出てキラキラ輝く存在になる
堂々と生きるのは　理性と目的のある人のもの

科学を学ぶことに反対し　犬のようにワンワン吠え立てて
卑しめられて生きていく　それは頑固で無知な人間のやること

いつもあやまってばかり　喉を締め上げられたら恐怖に震え
「お許しください！」と声を上げるのは　度胸のない腑抜《ふぬ》けのやること

ウイグルよ　もう言うな　臆病者たちの幸福など目指すな
真実を探すな　この世のすべては偽りだ

一九二五

憤怒と悲嘆

ああ　天よ　恐れて暮らす日々にはうんざりだ
方々探し回ったが　この痛みを鎮《しず》める薬は見つからぬ

先祖から受け継いだ持病の痛みで　時には死んで時には生きて
ずっと面倒をかけられて　もう疲れ果てた

春の花の香りを一瞬でも嗅ぐことができれば　思い残すことはない
毎朝　花の愛を求めて　ブルブル(1)のように鳴き声をあげる

狩りに行くとき　友等《ともら》は喩《たと》えて言った
「俺《おれ》らが大鷹ならば　お前は小さな鷹だ」

ほとんどは心根の優しい者　面と向かって反対はせぬが
陰口を言って　私の心を苦しめる

理解してくれず　「あいつは頭の悪いやつだ」と思っているが
私は気がついている　間違っているのは彼らだ

「手に負えないやつだ」と　私をちくちくと刺激する
そんな言葉を聞いて　頭には血が上ってかっとなる

目を開いて科学の道に入ろうとすると　「異教徒になった」と言って罵る
愚かさが満ちる時代に　私は火になって燃えてやろう

為《な》す術《すべ》もなく荒野に取り残されてしまった　道はみつかるのだろうか
いつになったら　世界と肩を並べられる日がくるのだろうか

果てしないこの肥沃な土地は　水を求めている
流れる川を見つけられず　私は渦を巻いてとどまっている

世界は　東も西もすべて目覚めているのに

我らは　夢に浸ってぐっすりと眠っている

空を飛び　海を渡って行く者たちがいるのに
我らは　裸足《はだし》でとげだらけの道を歩いている

無知なままに過ごして　危険に陥った
奴隷よりも悲惨なこの状況に　どうして耐えられよう

笑われ侮辱され中傷されて　ああ
私は何を　しなければならぬのか

暴虐の大海の中　安らぎの小島を見つけられず
山のような高波にもまれ　神に助けを求め　声を上げる

時代の責め苦を受けて　お前は散々たるありさまだ　ウイグルよ
命を手に握りしめて立ち上がれ　それ以外に　道はない

一九二七

(1)ブルブルは中央アジアやインド亜大陸に広く生息するツグミに似た小鳥で、非常にきれいな鳴き声をしている。ガザルでは恋する者の比喩に使われる。

断たれぬ望み

この詩はアブドゥハリクが亡くなった直後に発見され、口伝えで伝えられていた。

漂っているたくさんの雲は　空を覆い続けるのだろうか
太陽の清らかな光は雲を乗り越えて　差し込んでくるのだろうか
太陽には　光を放ち続ける威力があるのだ
気力のない雲が　いつまで太陽を不快にさせておけるだろうか
太陽を遮《さえぎ》ろうとするのは　無知であることの証《あか》し
お前の汚れた粗《あら》い袋に　錐《きり》を隠しておけるだろうか

袋が必要になったとき　私の言葉の意味を悟るだろう
一つだけしかない袋に穴があいたと言って　すぐにほかの袋が探せるだろうか

愚か者が　袋に錐を入れて穴をあけてしまったら
民衆を導く者が姿を現わし　教え導くのではなかろうか

導く者たちは立ち止まらない　彼らの持つ望みは強く大きい
わからぬ者がいたとしても　導くことをやめるだろうか

愚か者よ　袋を持っていろ　ほかのところで使うのなら使え
鋭い錐を　いつまで隠しておくことができるだろうか

何も考えずにいて　砂嵐がお前らを襲ってきたらどうする
襲われてから窓を閉めに走っても　間に合うものか

無知という雲が　太陽を見えなくしてしまった
聖なる太陽を　再びこの土地は見ることができるだろうか

子供たちを学ばせず　遊ばせて大きくさせた
ああ　彼らは　半分のパンを得ることができるだろうか
学ぶのだ　学ばせるのだ　怪しげな雲行きになってきたぞ
備えを怠れば　この民族は無くなってしまうのではなかろうか
砂嵐がとつぜんやってきて　雨が一滴も降らず
湖が干上がってしまったらどうする　生きていけるか
砂嵐がいつ来るか　雨がいつ降るかなど　わかりはしないぞ
アブドゥハリクの望みが断たれることは　決してない

一九二八

咲け

私の花が咲こうとしている
あなたの髪を　飾ろうとしている
恋人を想う心の火が
体を包みこもうとしている

恋人が思わせぶりな科《しな》をつくり
微笑《ほほえ》んで　私を酔わせる
恋人の価値を知らぬのか
厳寒の冬を　春にしてくれるのだ

恋人を想う苦痛で　心が血の塊になった
臼で碾かれて　粉になった
お前を恐れて　硬い石でさえ
一個でいられず　砂になる

芽生えた希望を　眠らせるな
恋人を求める道で　倒れるな
恋人のために　命を捧げたら
お前の足許には　千の金貨が降り注ぐだろう

情熱の花よ　咲け
勇気の道よ　開け
恋人のため　命を捧げよ
どうせいつかは　死ぬ身

生きるか　死ぬかだ
花よ　咲け

一九三〇

悪魔

清朝崩壊を　みんなが喜んだ
縛られていた手足が　自由になった
ところが漢族の知事がやってきて
大きな声で　高笑いした

各省に　(1)都督《ととく》が任じられ
自分勝手に　やりたい放題
(2)孫文先生の教えを実行してくれと
言ったが聞く耳など　持ちはせぬ

三民主義には　蓋《ふた》がされ
もはやその名を残すのみ
中国はこうして最後には
二十二の省に分けられた

二十二のかけらの一つが
我らが故郷　「新疆省」
多くのウイグル人の住むところ
我らは無知のままに残された

無知の危険を知ることもせず
我らは夏と冬を繰り返した
楊増新《ヤンゾンシン》は将軍になって
人殺しを開始した

頭に白いターバンを巻いた
イスラム教の法官とモッラーが
「命令に従うのは宗教的な義務」
と言って　触《ふ》れ回った

楊《ヤン》の言葉は実に巧み

いさかいの種を　あちこちにばらまいて
もめ事を起こして　皆の注意を逸《そ》らせてしまい
いつの間にか支配者となった

新疆の支配は　楊《ヤン》には絶好の機会
絶好というよりは　最高の機会
子羊を見つけたオオカミのように
がつがつと　食らいついた

飢えた悪魔は　じわじわと這《は》い上り
ついに最高位の椅子を　手に入れた
金という金を奪い取り
天津にお屋敷を建てた

おかげで「新疆」という名は有名になった
金銀の鉱山があるところだと
次々悪魔がやってきて

悪魔だらけになってしまった

できあがったごちそうを
他人に食べさせてなるものかと
クムル〔哈密〕に兵隊を住まわせた
星星峡《シンシンシャ》で　己と同じ穴のムジナをせき止めた

クムルに住んだ兵隊たちは
たらふく無料飯《ただめし》を食らったので
クムルの人は腹の底からうんざりし
「今に見てろよ！」と　罵った

楊《ヤン》も兵隊も　しょせんは泥棒だ
クムルを力で抑えつけたが
とうとう楊は　殺された
樊耀南《ファンヤオナン》の手にかかり

このウイグルは詩を詠んで
心の中の憂さを晴らした
いばりくさった将軍を
悪魔になぞらえ　詩を詠んだ

一九二八

(1)都督とは地方の軍事・民政を司る官名で、三国時代に設置され唐代に廃止されたが、元・明代に復活し、中華民国初期にも各省に置かれた。ここでは楊増新を指す。
(2)孫文（一八六六―一九二五）は清末の革命指導者。民族主義、民権主義、民政主義を基本に据えた三民主義を唱えて革命運動を推進し、辛亥革命により一九一二年中華民国の臨時大総統となった。

情熱を讃えよ

一九三二年十月二十八日、カズィハナ・モスクの広場での演説後に朗誦された詩。

太陽の美しい顔を
見ることができるのだろうか
太陽が沈んだのに
月は昇ってこないのだろうか

太陽の光が無くなった
月が昇る望みもなくなった
私は四方八方を見渡した
すべてが真っ暗な闇だった

「昼」の働きがこうならば
「夜」の働きがこうならば
道がこんなにでこぼこならば

歩く度《たび》に　転ぶのではないか
身体《からだ》に怒りが溜まったら
憂いが故郷を取り囲んだら
足枷《あしかせ》がはめられてしまったら
倒れぬために　どうしたらいい

みんなが奴隷にされてしまい
動物のように苛《いじめ》られ
めちゃくちゃに踏みつけられたなら
誇りがどうして　耐えられよう

苦しみの上に　苦しみが重なった
苦しみと簡単に言うが　言うに言えないほどの苦しみ
胸の中には　血の膿《うみ》が満ちた
命がどうして　耐えられよう

これよりひどい厄災が　あるだろうか
この苦痛を癒《いや》す薬は　あるだろうか
これからいったい　どうしたらいいのか
ああ　哀れな命　哀れな状況

自分達のことを　しっかり考えよう
言いたいことを　言おう
「手を取り合って行こう」と言おう
何としても　黙ってはいないぞ

首を絞められて　声が出ない
そんな日が　やって来るぞ
後悔を汲み取る碗はない
命を預けておける場所はない

ウイグルよ　目を覚ませ
お前のことを知らせるんだ

どうせいつかは死ぬ身
お前の情熱を讃えよ

夏の夜

夏の日の昼は　焼ける暑さ　空気は熱を含み息が詰まる
皆は無意識に　陽が落ちるのを待ち望む
夜になったら屋上にのぼり　山から下りて来る風を待つ
「心を楽にしてくれる風よ　吹いてくれ」と
さえぎる雲はなく　空には汚《けが》れたものは何ひとつない
星が遠くから落ちて来るように　キラキラと輝いている
この快い空気の中で　みんな心を開け放ち
かたわらにいる連れと　おしゃべりに興じている

哀れな詩人は　空を見つめながら横たわっている
空では星が燃えている　地上では　詩人だけが燃えている

愛情

お前だ　お前が胸に火を付けた
理性と正気を　甘く響く言葉で奪っていった
愛の調べを　美しい声で歌った
ちらりとも見てくれない　ああ　きれいな娘

こたえてくれ　その言葉は真実なのか
心にしみいる　蜜のような言葉
泉のような透き通った瞳で　命を奪った
お前だけが　私の幸運の星

お前を想うと胸が痛み　心を憂いが覆う
何たること　一生憂いを抱えて過ごすのか
お前に礼拝して　目からは涙があふれ出る
恋人を護《まも》るぞ　永遠に

優しくしてくれ　知らんぷりしないでくれ
私は危険な状態　いつも覗《のぞ》いて見てくれ
お前の姿が見えた　お前の心根が好きだった
この焼け焦げた胸を　優しく癒してくれ

毎夜　嘆きの声を出し続ける
痛みが私の居る場所を　地獄にする
お前に焦がれて灰になった　口づけをした　奴隷になった
私のことを思い出してくれ

お前は赤い薔薇《ばら》　詩人はブルブル

お前を想う苦しみで　夜にさえずる
私を忘れないでくれ　薔薇を枯らさないでくれ
哀れなウイグルよ　私はお前の奴隷

一九二八

ごきげんうかがいの手紙

カラシェヘルの「三民主義講座」に参加したあと、親友エクベルハンにあてて書かれた詩。

親愛なるエクベルハン　達者でいるかい
私のあいさつを受け　ひまがあったら読んでくれ
ポラット氏や我が同胞たちは　元気かい
エフメトジャンは元気だろうか　どこかに行っただろうか
みんなによろしく言ってくれ

私は「黒い土地」[1]からカラシェヘル（「黒い街」の意）へ来た
倦《う》み疲れ　夕方になると川岸を散歩した

ウイグル　モンゴル　回教徒　すべてが一つになった
腹を割って話し合った　貴重なこの機会に
「私の幸運の星が光ったのだ」　と思ってここにやってきた

孫文は三つの本を著した　その一つが『三民主義』
民族主義　民権主義　民政主義がその内容
もしも実現されるなら　とても役に立つだろう
しかし反対するならば　専制君主が現れるだろう
この世は不公平だと言って　いつでもどこでも議論が沸騰している

それなのに君たちは変わりなく　型にはまって存在し続けるのか
圧政で故郷は悲鳴を上げているのに　満足しているのか
この世がどうなっているのかを　知っているのは千人に一人なのか
「何をすべきか」と　自分自身に問うことはないのか
「時」が来たのを感知することなく　まだ惰眠をむさぼっているのか

講習会で　新しいものを学びとれ　悪魔に憑《と》りつかれたように

ライライライと　古い曲を歌っているのか
ワイワイワイと　空しい話にはもううんざりだ
ハイハイハイ　嘘で飾り立てた言葉はもう要らぬ
口ばかりで何もせず　意見や要求を聞きもせず

友よ　これは物を容れる容器ではない　君らの精神を容れる容器だ
無知と眠りの中で　この世から多くの友が去っていった
ウイグルよ　彼らを起こす鍵を探せ　心配でたまらない
科学の知識が大事だと言って　仕事が増えてしまったが　これでいい
言葉足らずのところがあるかもしれぬが　友よ　これが君らへのあいさつだ　一九二八

(1)当時トルファンでは新しい学問に対して反対が大きく、詩人はこれに怒りを持ってトルファンを「黒い土地」と呼んでいる。カラには「黒い」という意味のほか、暗い、無知の、悪い、といった意味がある。

灯火

この詩は詩人の書斎のランプのガラスに巻かれた状態で発見された。

灯火は　夜を昼のように照らす宝石
灯火は　光を与える太陽の　真芯から放たれる光
灯火は　真っ暗な夜　光の源となる光
灯火は　夜に道を探す　お前の歩みを導く松明《たいまつ》
灯火がなければ　夜にペンを持つことができぬ
書けば書くほど　苦痛の底から熱望が沸きだしてくる
アブドゥハリクは　日夜　目覚めている
蛾のように　決して光から離れては行かぬ

一九二八

不条理だ

楊《ヤン》が死んで棺に入った　だが自由には　なれなかった
自由が与えられないのは　不条理だ

人間が代わっても　やり方と体制は変わらなかった
金《ジン》（金樹仁）という男のやることは　まったく不条理だ

名前が金《ジン》というこの男は悪魔《ジン》そのもの　ジンよ　窮地に陥るがいい
お前の値打ちは一文にもならぬ　お前のやったことは不条理だ

アブドゥハリク　叫べ　護りの盾となれ　そして打て
寝過ぎてしまうのは恥　ジンの仕事は不条理だ

一九二八

別離

花のような顔　美しく響く言葉が　理性を眠らせた
すばらしい美しさを見せてくれる　この世の饗宴
その美しさを形容する言葉はない　完全な美よ
全能の神でさえ　その輝きと威厳を写し取ることはできぬ
その姿は頭脳を麻痺させる
私は病人となり　身動きする力さえ残ってはいない

黒い髪は　ビーバーの毛のように柔らかく
リンゴのような頬の白い透き通った顔は　まるで太陽
新月のような黒い眉　黒い瞳を
思い出すと涙があふれ　乾くことがない
燃えるような苦しみを味わうほか　何ひとつできることはない
「別離の悲しみは地獄の苦しみよりひどい」という言葉は　真実

お前を想う苦しみの火に　心の臓が焼け焦げてしまった
すさまじい痛みが体を覆った　昼も夜もひどいありさまになった
お前の住む場所に続く道を見つづけて　ついに目が見えなくなった
お前がそれを知ろうと知るまいと　もう命を投げ出してしまったのだ
「十分ではない」と言って　これほどの不当な扱いをするな
宵いの明星を見つづけて　残酷な仕打ちに耐えながら　暁に息絶える

恋人と一緒にいたあの日々は　何とすばらしかったことか
女王がいて　王冠と玉座があって　私は王だった
私のあばら家は　あなたの美にはふさわしくない
この世での名声を得たが　心は少しも満足しなかった
私は甘えかされて育った　わがままを言って大きくなった
偉大な力が　その歴史に正義を与えた

お前から離れてしまい　ああ　私のすべては奪われた
イノシシが　つないでいたものを踏み荒らし　食ってしまった
蛇やサソリがあらゆる場所にいて　私に安らぎを与えない

目の前の世界は　大混乱の最後の日(1)になった
恋人よ　私のありさまを見てくれ　どうすることもできぬ
頭の中も外もまったく動かない　お前を愛するあまり気が狂《ふ》れてしまった

ああ　兄弟よ　我がありさまを見て驚かないでくれ
気づかないでいて　「どうしたのか」などと尋ねるな
できる限りの恩恵を施せ　冷たくするな
良心を無くし　苦しみに陥るようなことはするな
アブドゥハリク　お前のすべての望みを手に入れよ
命ある限り希望はある　春の楽器を手に取り奏でるがいい

一九二九

(1)最後の日　イスラム教では「人は死ぬと肉体と霊魂は分離するが、世界の最後の日に一つになる。そして生前の行為についてアッラーによる審判を受け、天国に行く者と地獄に行く者が振り分けられる。だからその日には大混乱が生じる」と言われている。

私の望み

恋人と逢うことが
私の望み
いつかはその時が与えられよう
私の痛みは癒されよう

私は希望のない息子ではない
どれほど苦労をしようと
故郷の自由を探す
私は叫びの声を上げる

希望の光は
ウイグルよ　お前の子孫のもの
理想の目標を持って進むこと
それが私の誇りと栄光

「アブドゥルハリク　気力を失うな」
と　自分に誓いを立てた
たとえこの道で　首を切られようと
たとえ私の　血を流そうと

一九三〇（一九三二）

友への呼びかけ

一九三二年七月、クムルから詩人に会いたいとエズィズ・ニヤズという名の若者がやってきた。彼は自分も詩を詠んでいるので、詩人に批評を求めに来たのだ。詩人は「良い詩だ」とほめて励まし、清書したばかりの「私の望み」を贈った。そして彼が帰ろうとしたとき、呼び止めて、少し考えてから即興で詩を詠んだ。それが「友への呼びかけ」で、エズィズ・ニヤーズィはすぐにこの詩を手帳に書き留めた。

勇気と情熱のために命を落とそうとも　道を逸《そ》れるな
正しい道に命を与えよ　後ろを振り向くな

数多《あまた》の障害はあるが　恐れずに飛び込んでいけ
山河の如き偉大な言葉を　知らないままでいるな

海に飛ぶ込め　溺れるか真珠を探しだすかだ
ライオンも虎も　自分の行く道からは決して逸《そ》れぬ

四方に敵が吠え　八方に刃を受けても
血に染まっても　決して名誉を売るな

完全な勝利は　正しい道に足を踏み入れた者に与えられる
どれほど困難なことであろうとも　やらぬという選択肢はない

君こそ故郷　民族　歴史に君の名が残る
君よ　勇者であれ　高い目標を掲げよ　近くの泉を得て満足するな

「アブドゥハリクの言葉だから」と言って重きを置かずに

その情熱を　後になって後悔するような苦しみの中に投げ入れるな　一九二九（一九三二）

やって来る

友よ　風が変わった　どんな時が近づいているか　わかるか
長い夏が過ぎた　暴君が支配する冬がやって来る

横になったまま寝ていたら　どうなるか
同胞よ　冬の季節がやって来る　やって来る　やって来る

眠りを貪《むさぼ》っていると　絶好の機会が去っていく
時は過ぎ　事を為《な》せぬ日がやって来る

お前は身動きもせず　死人のように寝入っている
このまま寝ていたら　悪夢にうなされる日がやって来る

強制労働に引っ張り出されたら　綿花の収穫は難しい
いつものように　頭《トウ》(1)　二花《アルファ》が終わって　三花《サンファ》がやって来る
隠れ場所にはなるだろうが　三花《サンファ》は熱を与えてはくれぬ
起きろ　三花の時が　やって来る

起きろ　兄弟よ　死ぬのはお前たちの勝手だが
その時が終わったら　頭《トウ》(2)　二九《アルジウ》　三九《サンジウ》がまたやって来る

起きろ　心を悲しませるな　時間は少ないが有る
この機を逃せば　冬が命を凍らせてしまう

聞こえないのか　兄弟よ　鼓膜は正常なのか
叫び続けて　私の喉は破れそうだ

一九二九

(1)頭、二花、三花とは綿花の咲く時期の言い方で、「頭」は最初の段階を指す。三花の時期になったら収穫をする。ここでは「綿花の収穫ができないと生活が成り立たない」という意味と、「改革を為す時期が到来した」という意味を掛けてある。
(2)頭、二九、三九とは、冬至から数えて九日ごとを一つの九の塊として九回まで数える暦の表し方で、一、二、三回目までの各九日間の、厳寒の季節を表している。ここでは「もしいま事を為さなければ、厳しい時代がまた訪れる」という意味を表している。

どうしたらいい

友よ　光のない圧迫された時代に　どうしたらいい
棘《いばら》だらけで歩けないこの時代に　どうしたらいい
友よ　天の巡りは残酷なものだと知らねばならぬ
困難な運命を背負ったこの時代に　どうしたらいい
ああ　天よ　お前を見て運命が逆に回転しはじめた

道を知っていても進めない真っ暗な時代に　どうしたらいい

いたるところで　皆が祖国について　憂いを語る
疲労し　治療もできぬ苦痛に満ちた時代に　どうしたらいい

すべての者には　話すべきことがある
心の内を話しても聞いてくれない時代　どうしたらいい

ブルブルとカラスの違いに　気づく者は一人もいない
哀れなブルブルにとって　牢獄のような時代に　どうしたらいい

ブルブルは為す術もなく　花園を一人で歩きまわる
ブルブルの鳴き声を聴く者はいない　こんな時代に　どうしたらいい

ああ　天よ　ウイグルはお前に言いたいことがある
お前は私に追いつかない　そんなお前の時代に　どうしたらいい

子供

子供は　親の胸の中にある
蕾《つぼみ》の形に創られた　芸術作品
子供が笑えば　蕾も花開き
心を晴れやかにしてくれる

子供は　命の中に住む小鳥
それは　確かなこと
糸が切れてしまった凧《たこ》は
空に　とどまってはいられない

春が来たら　小鳥はさえずる
心地よい鳴き声を　聞かせてくれる
悲しみに満ちた心も　慰められて

三男の死の後に詠まれた詩。

子供と一緒に　年をとる

子供は　神が与えてくれた
最大の贈り物
子供と共に在《あ》って
人の一生は　花開く

子供が笑ったら
心の嘆き悲しみも　流れ去る
お願いだ　向こうの世界に
子供を　連れて行かないでくれ

一九二九

挽歌

妻のアイムハンが亡くなった時に詠まれた詩。

善《よ》き人の中で　最も善き心を持った　かけがえのない伴侶
マジュヌーンが愛したライラ(1)のように　痛みと秘密を共有してくれた人

この世での楽しみを　味わいを　すべて与えてくれた人
美しい風景があれば　それに喜びを添えてくれた人

親身になって言ってくれるお前の言葉に　みなは心を奪われた
大人も子供も　すべてがお前の優しさに感謝した

月《アイ》という名前は　まさにお前にふさわしい
いや月では足りない　太陽と言ったほうがふさわしい

お前の肉体に痛みを与え　安らぎを奪うような状況に
ついに「時間」が　耐えられなかった

ほっそりとしたその体の中で　暴動が起こった
みんなはそれを見て　心から悲しんだ

「健康を与えたまえ」　と私は夜ごと神に祈った
だが　受け入れてはくれず　願いとは逆の結果となった

お前のために　大きな声を出して神に祈ったが
容態は急変し　私の太陽は沈んでしまった

コーランの祈りの章とともに　天から声が下された
一瞬何が起こったのかわからないまま　別れの時がきた

嘆きの声　叫びの声が　天に向かって上がっていった
戻ってこないのか　お前の優しい愛は戻ってこないのか

正しい道を行く人だった　その魂に地上はふさわしくはなかったのだ
崇高なお前の魂は　地上にいることを恥ずかしいと思ったのだ

この地上で　お前と逢うことはもうできぬが

お前の魂にとって　最もふさわしい行いを為そう
お前の善き行いを　人は永遠に讃えるだろう
お前への愛は　私の心に永遠にあるだろう

私を支え共に歩いてくれたその道に　お前は私を投げ出した
お前と別れてから受ける苦痛は　まるで拷問のよう

マジュヌーンが私の姿を見たら　さらに気が狂《ふ》れてしまうだろう
[2]ファルハードが見たら　さらに悲しんでくれるだろう

私のいまの姿を見たら　石の心を持った人も涙を流すだろう
愛の分子から創られた人間が　この苦しみにどうやって耐えたらいい

花が蕾のままで萎《しお》れたら　咲いたばかりで枯れてしまったら
心を痛めない者が　いるだろうか

あの人は薔薇《ばら》の花だった　だが　茎には棘《とげ》のない薔薇だった
言葉には本当の心があった　皮肉な調子はみじんもなかった

魂だけを残して　私の薔薇は肉体を捨てた
たった一人で　長くて辛い道を歩かなければならぬとは

詩人は言った　「君がいなければ私の翼は折れてしまう」と
その言葉は正しかった　私はここに取り残されてしまった

私は怒りに燃えている　だが何ひとつ　することはできぬ
神の命令はただ一つ　それを引き延ばしてはくれぬのだ

亡くなった人の歳は二十四だった
どうして耐えられよう　この心をどうしたらいい

私の薔薇に与えられた命の年は　あるべき寿命の三分の一
もう戻ってきてはくれぬ　あの素晴らしい人は

あの人の逝《い》った日は　ズルカイド月の十七日[3]
金曜日が終わり　土曜日の夜に入る時だった

神は年を盗んでいかれた　何と短い年月だったことか
天国の黄金の宮殿に　あの人の椅子を与えてくれ

天国で　あの人に仕える下僕《しもべ》が必要ならば
寛大なる神よ　どうかそれを許したまえ

ウイグルの祈りを受け入れてくれ　おお　神よ
彼女の魂に安らぎを与えよ　祝福を与えよ

一九二九

(1)マジュヌーンとライラはアラブ社会に伝わる悲恋物語「ライラとマジュヌーン」の主人公たちの名。青年カイスはライラを愛するあまり狂ってしまいマジュヌーン（狂った人）と呼ばれるようになった。この物語はイランや中央アジア、南アジアに広く伝わり、詩の中で愛し合う恋人の比喩に使われている。

(2)ファルハードはイラン、中央アジアに広く伝わる物語「ファルハードとシーリーン」の主人公の名。ファルハードは魔法の鏡で見たアルメニアの王女シーリーンに激しい恋をする。
(3)ズルカイド月はイスラム暦で十一番目の月。

今夜

この詩は、妻の一周忌のあとに詠まれた五行詩で、アブドゥハリクの妹ハリチハンが一九八六年メッカに巡礼した時、バハウッディン・ハージーという人物が持っていた雑誌(台湾で発行されたもの)から書き写したもの。

今夜　恋人がそばにいなければ　その碗を酒杯とせよ
今夜　悲しみの思いが残らぬよう　思い切り嘆きの声を上げよ
今夜　あなたがいなくなったこの世で　思い切り涙を流そう
今夜　光に眩《くら》んで見えなくなっていた目に　はっきりと見える
今夜　私の愛と霊感が　確かにこの世にあることが感じられる

あなたに与えた私の愛を思い出すたび　不安が和らぐ
今夜　苦痛を癒してくれるのは　愛する人の抱擁
大麻を吸った者に恩恵が下されることはない　問題が残るだけ
愛の戦場で私にかなう者はない　私は決して逃げ出さぬ
今夜　我が主は　我らに好機を与えてくれた

私の恋人は　愛する者の価値を認めて共にいてくれる
愛を知らぬ者は荒野に取り残され　苦痛に呻《うめ》き声を上げる
お前を見た者　知った者に　自慢話をする必要はない
恋人というのは　やるべきことを思い出させてくれる人のこと
今夜　私は歴史に言っておこう　「面倒をかけるよ」と

私はよく覚えている　「私の恋人よ」という声を
果樹園や花園でいつも　あの人は自由に飛びながら姿を現す
ブルブルのように　いろんなメロディーを歌ってくれる
私の胸を玉座にして座る　あなたは[1]フルリカー王女
今夜　皆の愛にあふれる賞賛が　幸運という財産になる

幸運の鳥よ　とまってくれ　胸を玉座にしてくれ
胸を焦がしたままにしないでくれ　私の心にいるいたずら好きな人よ
私の恋人よ　お前は向こうの世界で楽しく在《あ》ってくれ
お前には　大切にする命も体もない
今夜　天使が私の心を弄ぶのは　定められていたこと

暴君に愛を捧げた者の　何という哀れさ
すべての物語は　愛にさ迷うことの描写
恋の狂気は蛾と同じ　我が身を灯火で焼くことも受け入れる
歴史は黒闇の中　恋人が行う悪ふざけが　分からない
今夜　お願いだからそばに来て　私の心を狩ってくれ

お前は美しい　その姿を見せてくれることが真の望み
向かい合って挨拶を交わすのは　恋人にとって必要なこと
私は取るに足らぬ者だが　あなたからの無視は残酷な仕打ち
心を得ることができなければ　大変なことになるだろう

今夜　荒野のような花園で　恋占いをせねばならぬ

お前は善《よ》き事　悪《あ》しき事の教えを知らぬまま
勇気を示すことなく　愛を自分本位に解釈した
どれほど多くの者が　真の恋を知らぬまま立ち去ったことか
恋する者は哀れにも　天の判決を知らないでいる
今夜　お前の胸に　恋人を委ねよう

今日のこの機会を逃せば　お前は愚か者とみなされよう
お前は恋人の価値を知らぬ　それは治療のできぬマラリアのようなもの
火の中で燃えて　正気を失わせるアギ(2)のようなもの
天国に連れていかれた悪魔が　地獄を恋い焦がれるようなもの
今夜　お前が正気を失えば　ライラが来てくれる

私を見るや　花園の花々の間から旋律が聞こえてきた
「十三番目は恋のムカーム(3)」という声がしてきた
華やかで楽しい旋律が　心を明るくしてくれた

何が見えなくてもいい　ただあなたのその仕草が見えるだけでいい
今夜　太陽も月も恥じ入るほどの　あなたの美しい目が見える

今夜　それぞれの夜を集めて　共に過ごす楽しさよ
我らの宴の灯火となってくれ　そして我らを酔わせてくれ
「時」は短く貴重なもの　さあ早く来て　賑わいを増してくれ
これほどの勇気がある男は　決して偽りの言葉は言わぬ
今夜　お前に私の想いを明らかにした　さあ　砂漠を喜びの場にしてくれ

ウイグルよ　恋人の憐れみを受けることは　信仰からは外《はず》れぬ行い
胸は仮の世の園　献身を続けるがいい
どこにいようと命に執着はせぬ　それが幸福の妙案
命はお前のもの　だが神よ　私を恋人から遠ざけないでくれ
今夜宴に加わった者は　すべての正気を失った

一九三〇

(1)物語「フルリカー王女とハムラージャーン王子」のヒロイン。妖精の国の王女。
(2)アギ（阿魏）はセリ科の二年草。茎から採れる樹脂状の物質は生薬や香辛料として用いられ、精油には鎮静作用がある。

(3)ムカームは古くから各地に伝わる歌、器楽演奏、踊りを組み合わせた民族音楽で、各ムカームに曲調に応じた名前が付けられている。地域ごとに十一から十二のムカームがある。

挽歌

母方の祖父ミジト・ハージーが亡くなったときに詠まれた詩。

ああ　天よ　この恐ろしい知らせに
私は耐えられぬ　耐える力がない
自然の摂理だとあきらめることができぬ
この残酷な知らせに　耐えることができぬ

私が出かけたときには　健康そのものであった祖父
駆け付けたとき　命はすでになかった
私がウルムチにいたとき　知らせが届いた

このとき　私には時を止められなかった

〔……〕
車で行けなかった　翼も生えなかった
苦痛の中で　弔いの儀式だけには間に合った
〔……〕会ったとき　命は地上にはなかった

年を超越した人だった　私の右側が凍えるように冷たい
この冷えを治してくれる人は　この世にはもういない
嘆きの声を上げて泣き叫んでも
墓からは　何の声も聞こえてはこない

毎日　墓でコーランの章句を唱えて祈っても
あなたからの恵みの声は　私にはもう届かない
私はただ深く　頭を垂れるだけ
あなたは行ってしまった　私にはもう喜びはない

パティマとマリヤムを　我々に託された
この世から去るとき　あなたには心残りはなかった
額に汗して働き　あなたが蓄えた富はすべて
故郷の子供たちの　オアシスのために使い果たされた

この知らせを聞いても　どうか我慢してくださるように
強い忍耐力を持つあなたは　この世から去ってしまった

一九三〇

不実

私が受けたような苦痛を　だれも味わうことのないように
心の黒い不実な人に　どんな関わりも持たぬように
関わりあったが最後　数多《あまた》の災難に巻き込まれよう
石のような心を持つ者に　決して捕えられぬように

愛の火に焼かれるよりは　窯で焼かれるほうがまし
地獄の火も　不実な恋人が付ける火にはかなわない

焦がれた痛みに苛まされて　夜《よ》も日《ひ》も眠られぬ
苦痛のあまり気が狂《ふ》れた　私のありさまが見えないのか

恋人がいなければ　すべての景色が心を楽しませることはない
砂漠を歩きまわるマジュヌーンのように　ライラを探し続けるだけ

長い人生で一度だけ見たが　二度目の幸運はなかった
望みを断ち切れ　と「心」に言い聞かせても　考え直させることはできぬ

（この詩は一九四六年にトルファンで発見されたもう一つの写しでは　次のようになっている。）

別離の火に焼かれ　だれもひどいありさまにならぬように
私が受けた苦痛を　だれも味わわぬように

私は煩悶して燃えた　体に焼け焦げた跡ができた
焼け焦げたことを　だれにも気づかれませんように

夜に嘆きの声を上げることが私の仕事　治す手立てはあるのだろうか
ああ　心は落ち着かず　苦痛で力が出せない

「真実の美を証明するものはない」と言われてきたが
傲慢な心には　弱い哀れなものは必要ないのだ

どこかから　風が心地よい香りを運んできた
夜明けの時間のほか　この風が吹くことはないのに

鼻孔にいい匂いが飛び込んできた　昼も夜も続いていた
香水のようないい匂い　だがこれはもう続かない

ああ　風よ　哀れな者のあいさつをすぐに届けてくれ

恋のせいで命が尽きようとしている　ぐずぐずしてはいられない
アブドゥハリクよ　燃えようと溺れようと　恋人に会いにいけ
真の若者は己の言った言葉から　虎は自分の行く道から逸《そ》れることはない

希望のカアバ(1)

恋人を想う苦しみの火の中で　私は燃えた
焼け焦げて赤い熾火《おきび》となった
この火の中に　私を投げ入れて
恋人よ　どこに行ってしまった

毎晩　夜が明けるまで
恋人を想って　目覚めているのだ
空にいる星たちは

この様子を見ているだけ

一度もお前は来てくれなかった
私の苦境を知らないのだろうか
心配してはくれないのか
「私を捕えないでくれ」　と言うのは罪なのか

別れるときに
その目と甘い言葉を使って
私の心臓を抉《えぐ》り取り
お前は持っていってしまった

私を忘れて　行ってしまった
お前が行った道を　私は見続けた
ああ！　と　今もお前の愛を求め
嘆きのメロディーを奏でているのだ

恋人を想う痛みで　叫び声を上げる
うめき声を上げながら　夜を過ごす
私の「ああ」という声は　少しも効き目がないのだろうか
私の「ああ」よ　どうかお前に届いてくれ

ああ　私の希望のカアバよ
私に苦悩を与えて　心が痛まないのか
また声がひとりでに　出てしまった
私の楽器を　お前が鳴らしたからだ

私のことを思い出してくれ
どこにいるのか　知らせてくれ
この哀れな私に
苦しみを与え続けないでくれ

あの人に裏切られた　と言って
ウイグルは泣いて嘆きの声を上げる

鳥かごに捕らえられたブルブルのように
私の悲しみと苦痛は増していく

（1）カアバはメッカのモスクの中心部にある建造物でイスラム教における最高の聖地（カアバの南東角には神聖な黒石が嵌め込まれている）。巡礼者はカアバの周囲を廻って巡礼する。

ローズィ・モッラーに

ローズィ・モッラー　お前も人の子だろう
改心せよ　正気に戻れ
お前が頼りとしているのは
岩の峠の下り坂　砂の峠の下り坂なのだ
正気に戻れ　お前は民衆に
何ということをした

望みを持ってもむだだ　悲しむな
もうその時は過ぎた

民衆に残酷なことをして
いつまでもやめぬなら
民衆を打って泣かせて
わずかの情けもかけぬなら

お前の日々は　許されぬ
野良犬のように血を流し
世界の最後のときが来たら
どういう目に遭うか　知らぬのか

「一」の費用を出すようにと
金樹仁《ジンシウレン》から命令が来た
お前は「一」を「百」と書き
みんなに千両の費用を押し付ける

それを早く終わりにしないと
だれかが地獄の下から這い出てくるぞ
お前がいま情けをかけなければ
きっと手足が縛られる

一九三〇

望まない

おお　恋人よ　別れてからは　お前は私の心を求めることを望まない
私が呼びかけても　祖国を探し求めることを望まない
稲妻に当たり　私は火に巻かれて身をよじる　だが
他人《ひと》はぐっすりと眠り　私の状況を知ることを望まない
そっちは長い　こっちは短いと　愚か者たちはワンワン吠えてまわるだけ

泥棒が家に入って財産を盗んでも　追いかけることを望まない

「大事なことだから」と　話し合いを開こうとしても
「そんなことは知っている」と言って　話し合いをすることを望まない

ヨーロッパ人の子孫はもう隷属の状態にはいない　だが
ウイグルの子孫は　この事実を知ることを望まない

毒を飲んだら病気になるぞ　危険な状況に陥るぞ　だが
我が民族は　命が無くなろうとも　治療することを望まない

よその人は　列車や汽船で旅をする　だが
我らは痩せたロバに乗り　難儀しながら道を行く

毎日空を見て　幸運の鳥フマー[1]を探し求めているが
フマーを望む者の頭に　フマーは止まることを望まない

我が民族は　蔓延する苦痛にどうやって耐えられよう
哀れな民衆はうめき声をあげる　だが揺り起こされるのを望まない
アブドゥハリク　気概を持て　正しい道を追い求めるために
気概があれば　心はフマーなど望まない

一九二二（一九三〇）

（1）フマーは想像上の鳥の名。常に空に住んでいて、この鳥が頭上を飛んだ者は王になると言われている。

見える山は遠くない

目的の地は遠く　乗っている馬は速くは歩けぬ
岩だらけの道を行き　足はよろけて痩せ細る

ちょっと休憩したいと思ったら

四方から犬が吠えたて　私を休ませぬ

時には地図の上に浮かんだ船のように思われる
高波にもまれる　塵芥《ちりあくた》のようなありさま

沈んでは浮かびを繰り返し　息が止まるほどだった
「いつ岸が見えるのか」と思っていたら　目が塞《ふさ》がれた

心を正義に結び付けた　もうあれこれ言うのはやめよう
無鉄砲な心は喜んだ　切り刻まれようとかまわない

命の危険が迫った　目には炎が燃えた
逝《い》けば殉教者《シャヒード》　生きて帰れば勇者《ガーズィー》だ

白の反対は黒　黒は決して白くはならぬ
金は燃えて耐えて　銅から離れて純金となる

目にもの見せてくれるか　アブドゥハリクが死ぬか
そのどちらかだ　みんなにこれを呼びかけよう

一九三〇

願い

鉱山はあるのに　山が高くて馬が登れぬ
真珠はあるのに　底が深くて採ることができぬ

私の住む家は　すぐわかるほどの低さ
だが四方には　心地よい良心の香が漂う

共に語り秘密を共有するために　真の若者　男が必要だ
頭のない無知な者らとは　親しく交わらなくてもかまわない

真っ暗な夜　「孤独」には灯火が連れとなる

知識と学問が　四方に光を放ってくれる

目の前に山や川　草花のある光景が浮かんでくる
それらを讃え　故郷の土を(1)スルマにしよう

故郷は暴君の残酷な行為に　体をよじり呻《うめ》いている
真の若者　立派な男には　故郷を救う能力がある

政治を憂いて　自分を憂鬱にさせるな
獣《けもの》と争って　人間が負けることはない

昼も夜も眠気が来ない　良心が苦しめられているからだ
人々を起こそうと願って　暁に叫び声を上げるからだ

私の最もよい楽器　ペンを持つのにもう飽きた
この暮らしが　王の生活と同じほど楽だと思っているのか

アブドゥハリク　首を切られてもこの道から引き返すな
剣を血に染めて　人々を憂いから解放するのだ

一九三〇

（1）スルマとは昔、眼病の治療や保護のために用いられた粉状のアイシャドーのようなもの。亜鉛や硫酸塩を含む鉱石を用いてつくられていた。ここでは「目に付ける」行為が、ふるさとに対する尊敬の気持ちを表す。ウイグルでは高位の者の衣を目につけて尊敬の意を示す習慣があった。

見た

太陽が出て　高く昇った
全世界が　昼間となった
だが　我らの新疆は
煤《すす》のように真っ黒なのを　見た

一九三〇

益がある

詩人と同時代を生きたトルファンの民謡歌手ブルハン・アカが歌っていたものが書き写されていたもので、もとは十番まであったが残りは失われた。

(1)黒　茶《カラチャイ》には効能がある
頭痛を鎮《しず》め
飲めば力が湧いてくる
汗を出してくれる　益がある

黒い石炭は　何になる
炭鉱から掘り出され
厳しい寒さを和らげてくれる
黒い石炭には　益がある

白い雲がわきあがったら
空の領地を一掴《ひとつか》み

黒い雲がわきあがったら
雨を降らせる　益がある

カラエンギルマ(2)には効能がある
食べたら力が湧いてくる
年寄りが食べたら
小便を止める益がある

(1)黒茶とは加熱処理を行ってから微生物による発酵をさせたお茶。圧搾して干し固めた塊が貨幣としての価値を持っていた時代が長く続いた。
(2)黒い色をしているブドウの一種。

お前にまいってしまう

一回お前が私を見たら　その二つの目で私を見たら

三回お前に　感謝しよう
四回見たら　どうしよう
五回死ぬほど　まいってしまう

六回お前の姿が見えたら
七種類の痛みが　わき起こる
八回は驚いて飛び上がり
九回死ぬほど　まいってしまう

十回お前の姿が見えたら
ため息をつきながら　歩きまわる
三十回嘆きの声を上げ
四十回死ぬほど　まいってしまう

五十人の恋敵が現れようと
六十人の恋敵が現れようと
七十に哀れな私を切り刻もうと

九十回死ぬほど　まいってしまう

百人が敵となっても
二百人が目の前にいても
三百回の嘆きの声を上げ
四百回死ぬほど　まいってしまう

五百回頭上に剣が振り下ろされようと
六百回刃が突き刺さろうと
七百回嘆きの声を上げ
千回死ぬほど　まいってしまう

※「まいる」は異性に心を奪われる状態のことをいい、ここでは「ぞっこんになる」「骨抜きにされる」ほどの意。

酷《ひど》いことになった

恋人を想う痛みで心が潰《つぶ》れた　血があふれ出た
私の前から去っていった　私には最後の時がきた
運命に弄《もてあそ》ばれて私は叫ぶ　「恋人はどこに行った」と
荒野に一人残されて　ああ　酷いことになった

命の痛みで　胸は憂いと苦悩の鉱山となった
胸の中から　信じていた輝く月が無くなった
あの人が私を思いやってくれたら　この苦しみが癒されるだろうか
荒野に一人残されて　ああ　酷いことになった

恋人との別れの悲しみは　それは酷いものだった
思い出すたびに焼け焦げて　力が尽きようとした
恋人と別れたその日から　生きることは苦役《くえき》となった
荒野に一人残されて　ああ　酷いことになった

胸には恋人を想う痛みと憂いのほか　何も残ってはいない
毎日その胸に　無数の矢が放たれる
私は哀れな人間になった　立ち直る手立てがない
荒野に一人残されて　ああ　酷いことになった

助けてくれ

心は病み　傷ついている
ああ　医者よ　治してくれ
人生から苦痛を消してくれ
私が必要なものを　与えてくれ

お前が治してくれたなら
この悲嘆は終わるだろう

お前の治療は　恩恵になるだろう
この体の中に「実在」が入ってくれるだろう

心の世界を探し求めて
お前を探し当てた
心の傷が癒《い》えるように
救ってくれ　治してくれ

お前には　このウイグルが必要だ
痛みから　逃れられるように
故郷を失望させるな
助けてくれ　自由にしてくれ

庭園のそぞろ歩き

庭園をそぞろ歩いて
薔薇《ばら》を摘んで花束にした
花束の中から
赤い薔薇を選んだ

ブルブルたちが楽しそうにさえずっていた
聞いているものを　楽しくさせた
たくさんのブルブルの中から
一羽のブルブルを選んだ

選んだのは薔薇ではない
愛している　美しい私の恋人
その美しい恋人のためなら
この命を捧げてもいい

一九三〇（一九三一）

答えてくれ

どれほどの数の人間が寝そべって　恥知らずにもアヘンを吸っていることか
どれほどの人間が　居酒屋で酒を飲んでは　酔っぱらっていることか
おお　(1)灯《チラグ》よ　酒よ　お前らに自尊心はあるのか　答えてくれ
お前らと共にいなければ　「弱虫な奴だ」とでも言うのか？

いらっしゃいと呼ばれて　来てしまったが
この(2)ハラームに加わったら　死ぬことと同じ
ここにいるより　家に帰ったほうがいい
アブドゥハリク　ここにいても決していいことはないぞ

一九三二

(1)灯《チラグ》はここではアヘンに火を付けるための火を指す。
(2)ハラームはイスラム法で禁止されている行い。

四行詩

ああ　お前のことを思い出すと　悩み煩う
恋の狂気は　治療の手立てのない病
恋人よ　焦がれる想いが募るほど　心の傷が深くなる
ああ　私が知らなかった世界　それが裏切りの世界

いつも考えるのは　お前のことだけ
口に出すのは　「お前に会いたい」という言葉
これは　お前の喜びではないだろうけれど
哀れな病人は　眠気の来ない夜　ただ起きているだけ

お前から離れても　最後の時まで私が想うのは　お前だ
どれほど考えても　それでもいつも　私が想うのはお前だ
この真っ暗な夜に　ああ　月よ　私が想うのは　お前
見ているうちに[1]マニ教徒になってしまうよ　哀れな病人は

（1）マニ教では、世界は光（霊的なもの）と闇（物質的なもの）から成り立ち、人間の肉体は闇の領域に属するが光の破片も持っている。人間を救い出すには光の領域に関する知識と禁欲的な生活が必要である、と説かれる。

暴君よ　汝に呪いあれ

人々に暴虐の限りを尽くし
血を吸い　罪なき者を殺した
獣の如き　野蛮な暴君よ
汝に　呪いあれ

穏やかに眠っていた民衆が
無邪気な幼い子供たちが
血の出るほどの苦労を強いられた
災いをまき散らした　野蛮な暴君よ

凍りついた

一九三三年一月のトルファン民衆蜂起の勝利を記念して二月に詠まれた詩。ウルムチからトルファンに入ってくる前に、旅立つ者を送り、旅から帰ってくる者を迎えるための場所があり、そこで蜂起軍は火を焚いて寒さに凍えてきた政府軍兵士を迎え油断させ、急襲して全滅させた。

厳しい寒さに　達坂城《ダーワンチェン》(1)の峠は凍りついた
へなちょこ兵隊は出発したが　吹雪になって凍りついた
大吹雪に襲われて　あちらこちらと逃げ惑って凍りついた
連隊長も大隊長も中隊長も　アヘン中毒になってしまった
綿入れのズボン下を着こんでも　凍りついた

金樹仁《ジンシウレン》が怒って命令を出した
「トルファンの盗賊どもを抑えこめ」と
軍隊とタランチ(2)の荷馬車を送り出した
命令を実行するために　五百人の敵兵がやってきた

寒さも敵に対抗し　彼らを震え上がらせた
[3]モスル・ムヒティはこれを知り　ウルムチから駆け付けた
「敵兵は　[4]柴窩湖《チャイウーフ》で嵐に遭った。　彼らは　達坂城《ダーワンチェン》を越えてくる」
という知らせを持ってきた
我らは隊を整え　「歓迎式」を準備した
朝早く　大騒ぎの中で　軍隊は凍りついた

立ち向かうため　我らは槍と鎌とを用意した
首切り人の前で　我々には真実が恋人になった
命を縫い込んで馬にまたがった　彼らは我らを止めようとしたが無駄だった
我らには「一度の戦い　[5]九の作戦」ということばがあるが
敵を前にした我々は　ぞんぶんに戦いネズミどもは凍りついた

朝早く　我が友へ[6]サミディンが殉教した
預言者ムハンマドよ　故人を殉教者だと証明してくれ
トルファンの人は喪に服した　ああ　君と別れてしまったと

お前は真の殉教者　神よ　彼を天国に導きたまえ
太陽も葬儀に参列したかのように　空は曇って凍りついた

明るくなった朝　赤い血が輝いていた
動けなくなった敵兵の息は　そのとき止まってしまった
我らには鉄砲と弾がそのまま　手に入った
旦那衆や役人や通訳は　どうしていいかわからず悲嘆にくれた
秋の終わりのハエのように　彼らは不安の中で凍りついた

一九三三

(1)達坂城はウルムチ・トルファン間の幹線道路にある天山山脈中の峠にある街。
(2)タランチとは清朝政府により十八世紀に南新疆からイリ地方開墾のために移住させられた農民、およびその子孫に対する呼称。
(3)モスル・ムヒティはメフスト・マフストの兄。
(4)柴窩湖はウルムチの南約四〇キロの天山山脈中にある淡水湖。
(5)あらゆる作戦を練ってから最適の作戦を実行する、という意。
(6)ヘサミディン・ズペルは詩人の親友で、啓蒙活動に多大な貢献をした人物。

燃えた

いつもの年より空気が熱く　トルファンは燃えた
火となって　ああ何たること　何度も燃えた

木という木は葉を落とし　オアシスは黄色くなった
火の中でたまらない　と言って　ユスプ・ピファン[1]は燃えた

へなちょこ兵隊　鼻水を垂らしている役人など　我らにとってものの数ではない
総司令官も連隊長も　大隊長も中隊長も　みんな[2]燃えた

通訳のハムト・アフン[3]たちは　家から出られない
いばりくさって強欲な通訳メムティリー[4]は　老城《ラオチェン》を歩きまわって燃えた

マーダイ[5]は暑さにはめっぽう強かった
だが胃が弱くてポロを食べて　熱くなった

どんなに寒くても　氷のような言葉を吐く
扇子を持って大いばりのブルハン(6)が　燃えた

料理人ユスプがチュー　大汗《ダーハン》(7)の女召使いにちょっかいを出したら

甘い飴のあとから塩辛い石が降ってきた

氷のように冷たいことを言う仕立屋(8)ハージー・ニヤズが入ってきたら
商人(9)スィディク・オスマンが　かっと熱くなった

料理人(10)スワザの頭は　油を塗った瓢箪《ひょうたん》のよう
汗をぽたぽた落として　客を慌てさせた

この熱などものともしないぞ　剣など役には立たぬぞ
ウイグルよ　金槌を持て　鉄を熱いうちに打て

(1)ユスプ・ピファンはトルファン新城で皮細工の店を開いていた。皮細工職人であったことからピファン〔皮を扱う店〕というあだ名で呼ばれていた。よく冗談を言うので有名だった。
(2)政府軍の総司令官、連隊長、大隊長、中隊長はほとんどが内地から来た者たちで老城にいた。老城では水が不足し、暑い気候に慣れない彼らの状態は哀れなものだと皮肉っている。
(3)ハムト・アフンはトルファン出身で県役所の通訳をしていて、家族と共に県役所内に住んでいた。彼は暑さに弱い男で、暑くなると一日中地下室から出てこなかった。
(4)メムティリーはトルファン出身で県役所の通訳の長で、トルファン新城に住んでいた。彼は自分の立場を利用して民衆からワイロをとり、それを貯めてメッカに行きハージーとなった。ワイロを取るために、暑さ寒さにかまわず、県役所の周辺を歩きまわる姿を皮肉っている。
(5)マーダイは県役所の小間使いをしていた男で胃弱だった。ここでは下級役人をからかっている。
(6)ブルハンはトルファン出身の文学愛好家で民謡歌手。ブルハン・ソグク(冷たい)というあだ名を付けられていた。濃いひげをたくわえ、春から晩秋まで扇子を持って歩く立派な体格の男であった。その年の特別の暑さを皮肉った冷たい笑い話を作っていたが、ブルハン自身もこの暑さで熱くなっていることを描写している。
(7)ユスプは料理人としてチュー大汗(当時のトルファン県知事)のもとで働いていて、漢族の女性の使用人たちとよくおしゃべりに興じていた。あるときおしゃべりをし過ぎて料理が焦げてしまい、作りなおすのに時間がかかり、怒った知事からこっぴどく叱責されるという事件が起こった。大汗《ダーハン》は当時使われていた漢族高官に対する呼称。
(8)ハージー・ニヤズはトルファン出身の仕立屋で、有名な風刺家だった。
(9)スィディク・オスマンは南新疆からやってきた商人で、一時的にトルファンに居を構えていた。堅物でニヤズとは親しく付き合っていたが、しばしばニヤズの冗談に腹を立てていた。
(10)スワザは回教徒のコックで、トルファン新城の仏教寺院の前にある食堂の調理人だった。この食堂はトルファン中で有名で夏でも客足が絶えなかった。頭を剃り上げていたスワザが調理場の火のそばで、汗びっしょりになって働いている姿を描写している。

時代の痛み

この一生はただ過ぎていくのか　無念だ　残念だ
喜んでいる人の姿が　影もかたちも見えないではないか
どこへ行ってもどこを見ても　それが当たり前の状況だ
ただ瞑想にふけっていても　何の益もない
暗黒の時代に　そのことを教えてくれる者はいないのか

（1）ハッジャージの圧政よりひどい圧政が　繰り返されている
奴隷のようにして生きる恥が　日に日に山積みとなっている
やっと顔を洗ったと思っても　たちまち煤《すす》にまみれるような辛い日々
この体の関節は　互いに助け合うことがない
残酷ないじめは　命の限界を超えている

何も考えぬことが特技となり　侮辱されることさえ面白がる者がいる
いつの世もこんな人々を　「運命」は可愛がる
ものを考えぬ人間は権力を求め　平穏な世の中を汚し続ける
額に汗して働く善人が報われず　人の稼ぎをあてにする者が儲かるとは
くちびるを噛んで唸《うな》っているから　私の顔つきは険しくなった

時代は権力者のもの　この世は真実が見えぬ人間のもの
客を喜ばせようと　「中傷」を売り物にする者がいる
真の男を誹謗するのは　口先だけの誓いを立てる者の仕事
「不幸な者」と定められた者は　最後まで苦難の道を行く

今はお前の襟首を掴《つか》みはせぬが　世界の終わりの日には首を絞める上げてやる

どうしたらいい　友よ　忠告をくれ　共に語ろうじゃないか
暴虐の鎖を断ち切り　前進できる道を急いで切り開こう
あの人は言った「神の定めた運命はこれ　下僕《しもべ》は何ひとつ逆らえぬ」
私は言った「不正を働く者の前で　正義を行う者が何で跪《ひざまず》かねばならぬ」
無知のまま日々を過ごし　いつまでも首うなだれているな

ウイグルよ　昔からお前の前途はこれほど暗かったのか
心はずっと　気分がすぐれぬまま傷ついていた
なぜこれほどの　苦痛をもたらすできごとが起こるのか
正義のために口を開けば　毎日災難に遭うだろうが
決意をさらに固くし　苦痛を取り去って幸せに過ごせ

(1)ウマイヤ朝第五代カリフに仕えた武将。政治能力に長けた名称と称えられる一方、イラク総督の任にあった七世紀末から八世紀初め、反政府派に対する弾圧政策を行い、十二万人を虐殺したと言われる。このことが後のアッバース朝の歴史家によって記述され、それ以後「ハッジャージ」は残酷な暴君の比喩として使われるようになった。

望み

私の花よ　そばに来てくれ　私にはお前の美しさが必要だ
詩人は危険に陥り　そのうえ病に侵されている

恋したせいで　私はひどいことになった
これほどの苦痛を与えたのは　月のような美しい人

お前の愛は　そんなに移ろい易いものなのか
こう考えることは　死ぬことよりもひどい苦痛

一度見て　二度見てお前の愛の火に捕らえられた　それなのに
もうお前は見てはくれない　お前の心にはきっと　恋敵《こいがたき》が住んでいるのだ

哀れな者を痛めつけるのが　お前にふさわしいことなのか
だが　お前に命を捧げることが　癖になってしまうとは

私の心をぼろぼろにするな　お前にはふさわしくない
残酷なことをするのは　お前には似合わぬ行為

思わせぶりな態度をとるな　私に恩恵の扉を開いてくれ
血を見るかもしれぬ危険の中で　心を要求される目に遭うとは

お前を一目《ひとめ》でも見て死ねたら　心残りは何もないのに
何を言っても受け入れてはくれず　心は萎《な》えてしまう

この嘆きの声を聞いて　あの人は憐れんでくれるかもしれぬ
美しい人には　そういう残酷な気性があるものだ

私が燃えたのは罪　地獄に行くのが私の末路

地獄でお前のために燃えようと　この命を準備しているのだ

望むべきものを望まぬのが　心というものの傾向
望むべきではないものを望み　私は苦痛を受けた

真実を望むことは辛く　その道は長く　そこに至る旅は難儀
だが血が流れ　首が切り落とされたら　望みがかなうのは確実だ

アブドゥハリク　命を捧げよ　しっかりと決意の腰ひもを結べ
「命を捨てて　生きる」　それが最善の方法だ

一九三〇

牢獄で詠まれ、骨の中に入れられて親友エクベルハンに届けられた詩。

憂い

目を閉じていても　眠っているのか起きているのか分からない

目を開けていても　暗いのか明るいのか分からない
踏んでいるこの地が　滑りやすいのか
立っているのか座っているのか　自分自身が少しも分からない

厳しい言葉でじろりと睨みつける　役人たちの目
彼らの目的は　私を殺すことなのか

私は無実だ　何の悪事も働いてはいない
彼らにとって　私は　生えてきたら引き抜かれる雑草なのか

この世の歴史上　名誉を与えられた我々の名はウイグル
彼らにはこの名はふさわしくない　そうだろう　彼らは正常ではない
彼らは私に　山ほどの侮辱の言葉を投げかけた
彼らの言葉の意味が分からない　これは冗談ではないのか

我らにチェントゥ[1]という名を与え　動物と同じ列に置いた
耐える力はもう残されていない　我らにとって人生とはそんなものか
棍棒《こんぼう》や斧や銃を手に取って　我らは偉大な戦いを始めたではないか
黒い山を乗り超えるぞと　戦ったではないか

クムルから始まった戦いの　知らせを聞いて喜んで
温い寝床を捨てて　立ちあがったではないか

この恐ろしい戦いは続く　支配者はうろたえるだろう
圧政との戦いからは退かぬぞ　この手で無実の人々を抱きしめよう
私は旅に出るが　友よ　私の身をあれこれと案じないでくれ
食べるものもなく　長い道を行くが　この道はでこぼこ道なのか　ぬかるんでいるのか分からない

前方の敵から　逃げはしないぞ

だがこの重大な状況で　隷属から逃れられるだろうか
敵に従順な者は多い　従順は一種の無知だ
なぜ無知のままに過ごすことができるのか　分からない

理性はばらばらになり　考えはまとまらず　頭を空想が占める
そんなこと　あんなことを受け入れられるのか　静かにしていられるのか

胸に痛みがあるからなのか　なぜ私は震えているのだ
焦げ跡が痛いからか　奴隷根性があるからか　臆病な心があるからか

遠くに輝く星は　月なのか　明星なのか
夜なのか昼なのか　それとも憂いの時がやって来たのか

私の舌は　甘さとにがさを　見分けられない
この飲み物は酸っぱいのか　塩辛いのか　渋いのか

ため息をついてはいられない　叫び声を上げるのだ
口から出る言葉よ　炎となって天に届け　そうすれば痛みが和らぐだろうか

真っ暗闇の中の長い夜　生あるものはすべて休んでいる
苦痛を感じているのか　無事でいるのか　どうなっているのか分からない

立ち上がって歩こうとしても歩けない　これは何という現象だ
踏んでいるこの土地は　危険な断崖なのか　分からない

いまこの瞬間　憂いと悩みを語り合える友は　ああ　どこにいる
哀れなウイグルよ　己を奴隷の状態にしたままでいられるのか

一九三三

（1）チェントウとは漢語の纏頭《チェントウ》に由来する語で、蔑称として使われる。

最後の呼びかけ

この詩はアブドゥハリクが処刑される前に、声を張り上げて朗誦したもの。床屋の店先の隙間からのぞいていたアブレット・カーリーという人物が記憶していた。

我々は　いずれ死ぬ
死を恐れる者は　腑抜《ふぬ》け
頭を上げろ
真っ直ぐに立て
戦って死んでも　花を咲かせるぞ！

一九三三・三・三

……………………………………

小片

◆
ロープを幾重にも巻き

旅支度を整え
夢で会おう　と
恋人は異郷の地に旅立った

◆

私を死人と言うな
まだ生きているぞ
ことわざがあるではないか
「信じている山に(1)カモシカは住まず」だ

お前が信じていた山々は
何も与えてはくれないぞ
お前はすぐに私のところにやってきて
ワーワーと泣き声を上げるだろう

(1)目算が狂うという意味。人物や仕事から利益が得られないときに使う。

◆

我が民族は　何たる苦境に陥っていることか
ウイグルの子孫たちよ　目を開けろ
意欲を持て　奮闘せよ
むだ話などせずに　立ち上がれ

屈辱に耐え続けていたら
とうとうこの時が来てしまった
よそ者が支配者となって
力ずくで山を取ってしまった

◆

抑えつけられる日々から　一生逃げ出せぬ
「[1]一頭の馬だけでは埃は立たず」　私一人では力が足りぬ
我らは油搾り機の軸につながれた牛のようなもの
この地上で　我らほど圧政に耐えている者はない

(1)協力して事に当たらなければ、一人だけでは大きな成果を得ることはできない、という意味の諺。

◆

道には穴が掘られ　至るところに罠が仕掛けられている
だが　道を行く我らには　それを見抜く力はない
白を黒と言われ　中傷されて汚名を着せられ
真実をはっきりと言えば　非難される

我らのありさまを見よ　愚かさを見よ
二人　三人の妻を娶れば「偉い奴だ」と賞賛し
ターバンを巻き上等の服を着ている者を　信心深い善人だと思い
彼らの裏切り行為を　見破ることができぬ

◆

偉大な「勇気」が声をかけた　「我が友　心よ　どうしたんだ」
「心」は悩みながら返事した　「この世に未練があるんだよ」

偉大な勇気が言った　「おい　アブドゥハリク　心に言い聞かせよ
『目的を果たせるように決意を固めよ』と」

苦痛の時代は長く　ああ　人生は短い
経験は足りず　為《な》すべきことは多く　すべての事に手本がない
善行よりは悪行に　我らは駆り立てられる
木に果実が生らなければ　食べるためにどうしたらいい

◆

心は恋人との別れの悲しみに　舌はズィクル(1)で忙しい
私はお前のもの　私はお前のもの　お前の卑しい下僕《しもべ》
殺してくれていい　恋人よ　憐れみをかけてくれたら蘇《よみがえ》る
愛情の何たるかを知らぬ者は　恋人に受け入れてはもらえぬもの

(1)神の名や聖句を繰り返し唱えること。ここでは恋人の名前を唱えているという意。

◆
泥の中に宝が眠っていれば
その価値は計れず　損をする
小さな川からでも水があふれたら
河原では洪水が起こる

◆
ああ　何度も嘆きの声を上げる
私の運は　なぜこんなに黒いのか
カラスが狙っている
庭園の　枝のあいだを

◆
哀れな男のありさまを　恋人よ　見てくれ
お前だけだ　恋人よ　お前に命を捧げよう
病を治す道を示してくれ　私の痛みを消してくれ
死に臨んだら　目を閉じずに死のう　心残りがないように

お前に火を付けられて　この胸は焼け焦げた
痛みで口から出る嘆きの声が　数えきれないほどになった
ウイグルよ　「恋人に会える時までがんばれ」と　情熱からの呼びかけがあった
時間と力がもう残されてはいない　この命は耐えに耐えているのだ

◆

一度恋に落ちて　百回燃えた
体じゅうが　血にまみれた
恋人の思わせぶりな仕草で
みんなに知られて　大恥をかいた

◆

有害なその花に芽が出た　だが棘《とげ》はなかった
恥を知らぬ者は　利益のある草を植えたらいい
共に歩く者がいなくて生きるのは　難しいことではあるが
クマと話しをするよりは　砂漠で死んだほうがまし

◆
私の故郷から「正義」の魂が　逃げてしまった
どうしたんだろう　良い匂《い》いがしなくなった
荒野を探しまわったが　探しだせなかった
探しだしたぞ！　目の前にレーニンの花園がある

◆
ああ　いつ分かるのか　この痛みには治療法がないことを
だが　ほんとうに望みはないのだろうか
お前を想う心の痛みで　何にも考えられなくなった
私の魂は苦しめられた　恋敵の良心の無さに

◆
毎朝　ムアッズィン(1)が　起きる時間だと呼びかける
この声を聞かない者たちは　市場の中の鍛冶屋
命がけで金《かね》を探すような宗教者が　偉くなんかあるものか

兄弟よ　このいっちょうらの服を着続けて　もう何年経ったことか

（1）モスクの尖塔や高い所から、一日に五回行われる礼拝の時刻が来たことを呼びかける者。

◆

駆け引きなんか学ばずに　利益を取り過ぎることなどするな
五で買って十で売れば　十分だろう
子供たちを　宗教教育のためサマルカンドやブハラに送る
そんな者らの頭を　清めの池で冷やしてやろう

◆

ああ　美しい人よ　お前の美しさは太陽のよう
その美しさの前に頭を垂れて　私は地にひれ伏そう
だが美しい人がみな　心がきれいというわけではない
真に美しくあってくれ　心を備えた美しさであってくれ

◆
良《い》いものからは良いものが出る
ミツバチからは蜜が出る
食べないものを食べたら
病気になるかもしれぬと知っていた

だが　道理が逆《さか》さまになるのが
自然の残酷な摂理
食ってから　蜜が毒に変わってしまった
ああ　それに気付かなかったとは

◆
ヨーロッパでは大戦争〔第一次世界大戦〕が始まった
戦場にならなかったところでも　王政がなくなった
ロシアのソム〔ルーブル〕は　[1]両より使えなくなった
いまやこの時が来た　[2]大銭《ダーチェン》　なんか決してもらわぬぞ

(1)ロシアのルーブルは新疆の五両に換算され、メッカに巡礼に行く者や交易する商人は両をルーブルと交換して使っていた。だが楊増新は民衆に新聞や雑誌を読むことを禁じていたので、世界の情勢を知ることのできなかった商人たちはロシア皇帝の倒れたことも知らず価値の下がったルーブルを持ち続け大打撃を受けた。

(2)当時の新疆で流通していた咸豊大銭のこと。百大銭が一両換算だった。

◆

胸に鉄の弾を受け　アスターナで俺が倒れても　ヘイヘイ
オアシスの　俺の墓にはきっと花が咲く　ヘイヘイ
ふるさとの土は黄金のよう　勝利の香りが漂ってくる
遺言を書いてやろう　物語にして　ヘイヘイ

……………………………………

アブドゥハリク・ウイグルの存命中に彼の詩集や執筆していた小説が出版されることはなかった。本書第一部にも書いたように、政府により出版事業が厳しく制限されていたからである。一九五五年に新疆ウイグル自治区として中華人民共和国に組み込まれ、「解放された」と言われる時代になってからも、人々がアブドゥハリク・ウイグルについて公然と書いたり語ったりすることはなかった。

しかしアブドゥハリク・ウイグルの詩が消滅することはなかった。中国国内に大混乱を引き起こした権力闘争である文化大革命（一九六五年〜一九七六年）が終結すると、文学の世界にも平穏が訪れ、ウイグル語による文学作品や文芸誌が相次いで出版された。このときから、アブドゥハリク・ウイグルの詩を自分の手元に保存していた人々が『Tarim（タリム）』や『Bulaq（泉）』などの雑誌に彼の詩を提供するようになったのである。雑誌『トルファン』に数篇のアブドゥハリク・ウイグルの詩が掲載されたのもこのような時期のことであった。

アブドゥハリク・ウイグル研究の第一人者と言われているムヘンメト・シャヘニヤズは、一九八一年六月十日、『トルファン』に掲載された詩人の詩を目にし、強い衝撃を受けた。思わず立ち上がり声に出して彼の詩を朗読した。それからアブドゥハリク・ウイグルのことが頭から離れず、数日間眠れない夜を過ごした。彼は「この詩人について知りたい」という思いにとらわれ、とうとうその思いを実行に移すことにした。

彼はアブドゥハリク・ウイグルの弟、妹、義妹、いとこ、親戚、同じ町内に住んでいた人、同級生、親友エクベルハンの息子たち、そしてアブドゥハリク・ウイグルのことを研究していた学者や詩人、ジャーナリストに会いにいき情報を収集した。彼が自著の序文で名前を出して謝意を述べている人物は二十八名にのぼっている。また、アブドゥハリク・ウイグルと関係のあるピチャン、トクスン、ウルムチ、カラシェヘル、チョチェクそして国境地域などの土地に赴いた。チョチェクではメフスト・ムヒティの貿易会社や店、倉庫があった場所を訪れた。

このようにして得た情報をもとに、彼は一九八五年七月に執筆を開始し、十八年後の二〇〇三年九月十七日『アブドゥハリク・ウイグル』を脱稿したのである。（ムヘンメト・シャヘニヤズはこのほかアブドゥハリク・ウイグルに関する二冊の本を書いている。）

『早く目覚めた人』という長編小説の形で、文学的な側面からアブドゥハリク・ウイグルを研究したのが小説家ヘウィル・トムルである。彼も詩人の関係者や研究者からの情報をもとにし、詩が詠まれた状況、登場人物の関係を物語風に語っている。

同じ詩の発表年にムヘンメト・シャヘニヤズのそれとずれが見られる場合があるが、どちらが正確な年代かを調べることはできないので、ムヘンメト・シャヘニヤズの記述のほうを主にし、それ以外のものは括弧（　）に入れておいた。

もう一冊、本書を書くのに参考にしたのが、詩の翻訳の底本とした『咲け（Achil）』（新疆人民出版社、二〇〇八年）である。四人のアブドゥハリク・ウイグルの研究者でもある編者（メフムド・ゼイディ、メフムド・エクベル、イスマイル・トムリ、ヤルクン・ローズィー）が、雑誌に載せられていたものを整理し、詩を保存していた人たちを訪ね、詩を覚えている人たちへの聞き書きという地道な作業を行い作り上げたものである。十五ページにわたる詩人を紹介する序文や、時事問題を取り上げた詩やトルファン民衆蜂起に関する詩の詳細な訳注を読むと、アブドゥハリク・ウイグルに対する彼らの敬愛の情、詩人の足跡を後世に残したいという強い思いが伝わってくる。全体で一一八ページという薄手の本であるが、この本はウイグル文学史に残る貴重な一冊となるだろう。

参考資料

「光緒初期新疆設省論議について（歴史研究二四）」、片岡一忠、大阪教育大学歴史学研究室、一九八六年。

「新疆省における辛亥革命（歴史研究一五）」、片岡一忠、大阪教育大学歴史学研究室、一九七八年。

「新疆省の成立について（歴史研究七・八）」、片岡一忠、大阪教育大学歴史学研究室、一九七一年。

「新疆紀遊」、呉藹宸（楊井克巳訳）、白水社、東京、一九八六年。

「続グレートゲーム――東方に火をつけろ（私家版）」、ピーター・ホップカーク（京谷公雄訳）、二〇一一年。

「清末新疆省における漢人――清朝の殖民実辺策の実態（歴史研究二〇）」、片岡一忠　大阪教育大学歴史学研究室、一九八二年。

「中国の火薬庫」、今谷明、集英社、東京、二〇〇〇年。

「続グレートゲーム――東方に火をつけろ（私家版）」、ピーター・ホップカーク（京谷公雄訳）、二〇一一年。

「トルキスタンへの旅」、タイクマン（神近市子訳）、岩波書店、東京、一九四〇年。

「維吾爾族文化研究」、拓和提、民族出版社、北京、一九九五年。

「維吾爾族簡史」、維吾爾族簡史編写組編、新疆人民出版社、烏魯木斉、一九九一年。

「新疆五十年」、包爾漢、文史資料出版社、北京、一九八四年。

「新疆歴史詞典」、紀大椿主編、新疆人民出版社、烏魯木斉、一九九三年。

「新疆地方史」、新疆維吾爾自治区教育委員会、新疆大学出版社、烏魯木斉、一九九二年。

「中華民国史辞典」、陳旭麓、李華興主編、上海人民出版社、上海、一九九一年。

「哈密、吐魯番維吾爾王歴史」、蘇北海、黄建華、新疆大学出版社、烏魯木斉、一九九三年。

「為毛澤民報仇？一九四九年盛世才岳父全家被滅門」
〔http://www.wenxuecity.com/news/2013/05/07/2382465.html〕（二〇一六年一月十日アクセス）
「黄埔第九分校主任盛世才——離疆后的新疆王、盛世才」
〔http://www.hoplite.cn/Templates/hpshshzt0134.html 〕（二〇一六年一月十日アクセス）
ABDUKHALIQ UYGHUR, Muhemmet Shahniyaz, Xinjang Khalq Nashriyati, Urumchi, 2004.
ACHIL, Abdukhaliq Uygur, Mehmud Zeyidi(ed.), Mehmud Ekber(ed.), Ismail Tomuri(ed.), Yalqun Rozi(ed.), Xinjang Khalq Nashriyati, Urumchi, 2008.
ADIBIYAT TATQIQATI, X.U.A.R.Ijtimai Penler Akademisi Milletler Adabiyati Tatqiqati Instituti, Urumchi, 1983.
BALDUR OYGHANGHAN ADEM, Xinjang Khalq Nashriyati, Urumchi, 2009.
BALDUR OYGHANGAN ADEM?ABDUKHALIQ UYGUR, Muhemmet Shahniyaz, Xinjang Yashlar-Osmurler Neshriyati, Urumchi, 2001.
KELGUSINING SHAIRI, Muhemmet Shahniyaz, Milletler Nesriyati, Beyjing, 2007.
OYGHANGHAN ZEMIN Ⅰ, Abdurehim Otkur, Xinjang Khalq Nashriyati, Urumchi, 1989.
QUMUL, Aisham Ehmet(ed.), Xinjang Khalq Nashriyati, Urumchi, 1993.
TARIM, Tarim Jurnili Tehrir Bolumi(ed.), Xinjang Khalq Nashriyati, Urumchi, 1995. Nov.
UYGHUR ADABIYATI TARIKHI IV, Nurmehemet Zaman(ed.), Xinjang Ma'arip nashriyati, Urumchi, 1988.

解説

新たな時代のムカームチー（ムカームを謳う人）、アブドゥハリクの生きた時代

三浦小太郎

三十二年の短い生涯を詩と民族のために捧げた詩人、アブドゥハリクは、今回、萩田麗子という最良の翻訳者の手により我が国に紹介されることになった。これは美辞麗句でも何でもない。彼女が、二〇一四年、日本初の翻訳書『ウイグル十二ムカーム シルクロードにこだまする愛の歌』（集広舎）を刊行した人だからこそ言えることである。

十二ムカームについての詳細は同書に譲るが、「ムカーム」とはアラビア語の「マカーム（旋法）」に由来した言葉である。十世紀後半、イスラム教がウイグル地方に伝来していく過程にて、それまでのウイグルの固有の文化・音楽に、ペルシャやアラビアからの影響が重層的に組み込まれていく。さらにはシルクロード全土の民謡や音楽、そしてペルシャの古典詩、イスラム神秘主義哲学などが融合し、音楽、歌、踊りの総合芸術として発展していったのが「ムカーム」であった。そしてこのムカームは、「ムカームチー」と呼ばれる吟遊詩人、托鉢僧など、多くの歌い手たちによって、各王国の宮廷でも、また民衆の生活の中でも伝承されていった。

そのもっとも完成され体系化された「十二ムカーム」は、まさにシルクロードが生み出した人類の文化遺産である。

しかし、清帝国のウイグル支配、その後の西欧諸国のアジアへの侵略、そしてその結果としての近代化の波は、従来の文化伝統のよって立つ基盤を破壊していく。アブドゥハリクは、このムカームチー伝統の崩壊過程に生き、ウイグル文化の崩壊過程に、その伝統を新しい近代化の時代に引き継ぎ発展させようとした最後の「ムカームチー」であり、同時に新たな時代の近代ウイグル文学の創設者でもあった。彼の詩は、古い熟成された伝統という革袋の中に、近代でしか生まれえない自我と社会意識という新しい酒をもちこんだのである。彼の詩人としての歩みは、充分な成熟を見る前に権力者により残酷に中断させられた。しかし、彼の詩魂は、ウイグルの大地と民族の中で語り継がれ、彼の精神を受け継ごうとしている現代のムカームチーたちを励まし続けているはずである。

ウイグルにおける近代の到来

本書前半部のアブドゥリハリクの伝記が明らかにしているのは、彼の祖父ミジトを中心とする一家が、当時としてはもっとも『近代的』な価値観を身に着けていたことだ。一八八七年の段階から、すでにロシアとの貿易を、物々交換の形とはいえ成功させていた祖父ミジトは、ウイグルの外の世界、特にロシアに当時の清帝国よりもはるかに近代化された製品があることを知り、外の世界に目を開いていた。同時にシルクロード時代もかくやと思われる、中央アジアからメッカ巡礼を経てインドにわたる巡礼の旅を行い、また伝統的な古典文学や詩集、それこそムカームの世界をも熟知していたミジトと、彼を中心とするアブドゥハリクの生家は、伝統と新しい世界が共存していた、この詩人にとって最良の環境だったと言えるだろう。少年時より、アブドゥルハリクはこの家庭で、古典詩や物語が文学愛好者の集いで朗読されるのを聴きながら育った。古典詩の形式をまず耳から覚えた経験は彼に大きな心の財産、詩作の泉となったことだろう。

しかしさらにアブドゥルハリクが幼少時から最も親しんだ古典詩人は、「十二ムカーム」にも多くの詩が収録されているナワーイーだったようだ。ムカームの詩とは、時として誤解されるような素朴な伝承民謡ではない。特にナワーイーのそれは、当時の時代状況の反映、各地方の風俗・習慣、ウイグルの伝統的な自然と人間の一体感をイスラム教神秘主義スーフィズムと結びつけた、様々な要素が複合的に結び付き、同時に古典的な完成度を兼ね備えたものである。これはダンテに代表されるヨーロッパ中世の古典文学や、日本の万葉集における柿本人麻呂や額田王の歌のように、古代、中世の信仰と結びついた伝統的秩序を背景とした世界観の中でしか成立しえなかったものなのだ。一例として、萩田氏の訳したナワーイーの詩の一節を紹介しておく。

「輝く太陽が　夜毎暗幕の中に入ってしまうように　夜の灯が　私の孤独な住まいに　夜毎姿を見せる　あの人は夜毎　友らと共に朝日のような笑い声をあげる　私は蝋燭のように心をもやし

真珠の涙を流す　夜空の星々は　夜が太陽と離れた悲しみに　胸を焦がしてできた傷跡　私の体にも　夜毎愛の日に焼かれてきた　無数の焦げ跡が隠されている」（『十二ムカーム』収録）

「夜空の星々は　夜が太陽と離れた悲しみに　胸を焦がしてできた傷跡」という一節は、まさにナワーイーのような、ムカームにその詩が採られた古典詩人が生み出した、自然の中に己の心を一体化させ、かつ、己の内面をそのまま宇宙に映し出し共鳴させるような言葉である。アブドゥハリクが、このような詩を深く理解していたことは疑いを得ない。だからこそ彼は、最愛の妻に捧げた恋愛詩を次のように謳いあげている。

「ああ　美しい人よ　お前に出会ったその夜　驚きに我を忘れた　お前の顔は、満月のように光り輝いていた　太陽が嫉妬して　油をふりかけたのではないか　その顔に痣があるのは　そのせいではないか」（ウイグルの娘よ）

十九歳のときの処女作とされるこの作品では、アブドゥハリクはこれ以外にもいくつも古典詩の表現からイメージを借りている。しかし、最終節の「あなたが少しでも動くと　その髪が美しく波打つ　愛をめぐんでくれと願い　私はただ涙を流すだけ」には、古典詩における隠喩やイメージの重層はほとんど見られず、むしろ近代の浪漫派詩人を思わせる、個人の内面に向かって詩が収束していくイメージでまとめられていく。そして、これ以後のアブドゥハリクの詩は、古典詩の豊饒な世界を引き継ぎつつも、より個人的・近代的な自我の表現、自己の内面への凝視、そして社会性を帯びたものとなる。これには、本書の最も印象的なエピソードの一つ、「詩人はレンガ職人」における、詩人モッラー・ローズィメットとの出会いが、アブドゥハリクに大きな影響を与えていたはずだ。

貧しく搾取される人々の悲劇を、ローズィメットは少年時のアブドゥハリクの目の前で謳いあげた。

「富を求めて 峠を越えて歩きまわる者がいる 借金で 家にいられず逃げ出すものがいる 金のために 命を失う者がいる（中略）これが世の中 この運命 この見世物を見よ」

ナワーイーもこのように、現実の悲劇を直視しつつ詩を作っていたのだという少年の思いは、詩人とは、現実の矛盾と抑圧に苦しめられている民衆の思い、彼らの怒りや悩みを代弁して謡うべき存在であり、民衆はその詩を通じて自らを解放することができるのだという思いを確信させたに違いない。ナワーイーやほかの古典詩人たちもまた、シルクロードの激烈な歴史の中、しばしば弾圧を受け、時には処刑され、また世界の矛盾を隠喩の形で詩として謳った。アブドゥハリクは近代的な自我に目覚めたウイグル詩人として、隠喩を次第に放棄し、最後には己の詩を武器として立ち上がることになった。

戦いとしてのタハッスル

一九二二年、彼が自らのタハッスル（本書四六ページ参照、ペンネームであるとともに、己の詩のテーマでもある）を「ウイグル」と定めるとともに、それまでの伝統詩の形式から次第に逸脱し、新たな表現を求めていく。この転換における萩田氏の解説は、日本人になじみのないガザル詩の定型と、それをいかにアブドゥハリクが自ら放棄していったかについての的確な説明であるが、古典的な詩の完成度を捨て「これから自分は戦いを始めるのだ」「(形式にこだわっていたら)詩の中身が弱くなってしまう」と断言するアブドゥハリクの言葉は、ウイグルにおける近代史の始まりを意味するとともに、その生涯を決定づけた宣言でもあった。彼は古典詩の束縛を脱出するとともに、ウイグル社会におけるあらゆる旧弊と戦い、ついには最大の抑圧者と民衆とともに対決する生き方を、一人の詩人として選び取ったのだ。

当時のウイグルは、楊増新という独裁者が、辛亥革命以後の一九一二年から統治していた。楊の政治については、一九二八年に暗殺されるまで、「新疆」全体を平和的に統治していたとして、スェイン・ヘディンをはじめ同時代人の多くが称賛し、現在でも今谷明氏のようなウイグルに好意的な研究者にすら評価は高い。確かに、辛亥革命とその後のロシア革命、また外モンゴルの独立という中央アジアの激動を、諸勢力間の絶妙なバランスをとることで乗り切った楊増新の政治力は評価に値する。その内政においても治安は維持され、各官僚の採用や、あらゆる書類のチェック、地域からの陳情の処理なども、楊は単独で、かつ見事に行ったとされている。しかし同時に彼が維持した「平和」とは、近代的改革を徹底的に拒否し、かつ「ウルムチからカシュガルにかけては、頭痛持ちの南京虫一匹たりとも、閣下の知らないものはない」と、ウルムチ教会のカトリック神父に言わせるほどの、徹底した諜報機関による管理体制の上に成立するものだった。(『新疆紀遊』呉藹宸著 白水社)

楊の政治の根本にあったのは、徹底したニヒリズムとマキャベリズムである。老荘思想を愛したとされる楊は、近代化を拒否するだけでなく、新疆の秩序さえ維持されれば他の問題には全く関心を持たないという、老子の小国思想の悪しき解釈というべき狭量な精神に根差していた。それを巧みな外交術や治安維持能力だけで保とうとする治世は、彼が暗殺されなくともいつかは限界に至るものだったのである。しかし問題なのは、この楊の前近代的な治世方針が、同じく近代化を拒否するウイグルの有力な宗教者や既成勢力にとっても、自らの権威を守るために受け入れられていたことである。楊暗殺後のアブドゥハリクの詩に、その有様は的確に歌われている。「無知の危険を知ることもせず 我らは夏と冬を繰り返した 楊増新は将軍になって人殺しを開始した 頭に白いターバンを巻いた イスラム教の法官とモッラーが『命令に従うのは宗教的な義務』と言って 触れ回った」(「悪魔」)

アブドゥハリク自身、己の教育の場をウイグル内では容易に得ることはできなかった。祖父をはじめ、多くの目覚めたウイグル人たちが近代的な学校建設を試みたが、それを妨害したのは楊増新の治世以上に、地主、宗教関係者など多くのウイグル人がそのような教育機関を拒否し、時には暴力的に建設を妨害したのだった。その結果、アブドゥハリクはロシアをはじめ外国に留学し、そこで近代化された諸国の現実を目の当たりにすることになった。また、アブドゥハリクの才能を嫉妬し、一家の近代的な姿勢に反発するウイグル人は、漢人の独裁者である楊にアブドゥハリクを讒言するような行為にまで及ぶ。彼はウイグルの現実への批判を、敵を作ることを恐れず、厳しく直截的に謳いあげるようになってゆく。

「無知ゆえに いつの日か必ず 我らには苦難が訪れよう 教えてくれ 我らの今の在様の どこ

にどのような価値が有る（中略）我らには 同胞愛はかけらもない 友人となっても実は その目的は別に有る（中略）科学の道を行く者は 飛行機で空を飛び 船で海を渡っているのに 我々にはロバもなく 歩いていくしかないことが有る（中略）技術者や学者 見識を備えた人々ではなくて 強欲で 迷信深いモッラーたちを 大事にすることは有る」（「有る」）

タハッスルを「ウイグル」にしたからといって、アブドゥハリクはウイグルの文化や伝統、民族の誇りをただ讃えたのではなかった。彼は民族の弱点、狭量さ、偏見、団結力のなさを直視し続け、時には己の弱さにも厳しい目を向ける自己否定の精神を常に忘れなかった。因習的なウイグル社会から疎外され続けたことは、逆に彼の自我を強め、その孤独感と疎外感は詩に独特の印影と内面のドラマを生み出していく。これは明らかにアブドゥハリクの近代的自我の目覚めと、それが故の苦悩の表現であった。そして、彼は古典詩の、自然に託して自らの内面を表現する伝統的手法を全く新しい詩精神の中に取り入れてゆく。「トルファンの夜」はそのもっとも成功した作品である。

「故郷の人々は 老いも若きも 桑の実が落ちるように 涙を流す いつ夜が明けて 太陽が顔を出すのか 長くて暗い トルファンの夜 いつ朝になり 黄金の光がさしてくるのか『来ないかもしれぬ』と案じて 騒ぐな 空は少しずつ明るくなり 夜が明ける　朝は必ずやってくる トルファンの夜」（「トルファンの夜」）

また「春の花がくれた力」と、その続編である「同じ蔓になる瓜」の二篇は、春の花という希望の象徴を追い求めて裏切られる精神を、象徴的な物語詩として描いた作品で、まるでヨーロッパの近代詩人の世界すら想起させる。そして「月明かりの下 恋人の姿が目の前に浮かぶ 道連れは私の影 共にいるのは孤独」(「心が萎えた」)「哀れな詩人は 空を見つめながら横たわっている 空では星が燃えている 地上では 詩人だけが燃えている」(「夏の夜」)などの表現は、アブドゥハリクの孤独感をあまりにも哀しく、そして美しく表した詩節といえよう。

そして、一九二八年、楊増新が暗殺された。一時的に訪れた解放感の中で、アブドゥハリクと同志たちは、啓蒙活動のための音楽イベントを開催する。民謡のメロディーに啓蒙的な詩を載せ、歌、踊り、朗読などで学校建設や社会改革を訴えたこのイベントは、伝統様式と近代精神を結び付けようとしたアブドゥハリクの詩精神が実践活動として見事に花開いたものだった。だが、その後新疆は金樹仁という、楊よりもはるかに政治力のない、かつ残虐で自己本位的な独裁者を迎える。単なる追従者や側近だけが登用され、楊増新の時代には保たれていた秩序や権威を、支配者自らが内部から崩し始めていく。

妻の死とトルファン民衆蜂起

この時期、アブドゥハリクに大きな転機をもたらしたのが、子供たち、そして最愛の妻、さらには祖父の死だった。特に、彼の最初の詩で歌われた理想的な恋人であり、良き家庭人で、また彼の詩の理解者でもあった妻の死は、それが前近代的な民間医療による事故死の可能性が高かったため、一層アブドゥハリクに、現実のウイグル社会への絶望と同時に、ある種の詩的転換をもたらす。恋人を失って狂気と死に至る青年詩人の悲劇を歌った伝統的な恋愛物語詩「ライラとマジュヌーン」になぞらえて、亡き妻を彼はライラとして謡った。

「善き人の中で　最も善き心を持った　かけがえのない伴侶　マジュヌーンが愛したライラのように　痛みと秘密を共有してくれた人（中略）正しい道を行く人だった　その魂に地上はふさわしくはなかったのだ　崇高なお前の魂は　地上にいることを恥ずかしいと思ったのだ　この地上で　お前と逢うことはもうできぬが　お前の魂にとって　もっともふさわしい行いを為そう」（「挽歌」）

ライラとマジュヌーンの物語は単なる悲恋劇ではない。現実社会において、理想や真実を求めるものは必ず現実社会からは疎外され、権力からも民衆からも疎んじられ孤立する道を歩まざるを得ないという普遍的なテーマを内在している。そして、理想や真実は人間を超えたものであり、それにたどり着くためには狂気に及ぶほどの徹底した思索と、死の恐怖を乗り越えるほどの行動を求められるという、シルクロードの激烈な歴史の中から生まれてきた、人間精神の極限の姿を象徴するものでもあるのだ。アブドゥハリクはこの妻の死で、まさに、崇高な魂はこの地上では生きられないという、それまでもウイグル社会の中で彼自身感じていただろう思いを確固たるものとしたはずだ。一周忌の折、亡き妻の霊とある種の交信を行った体験をもとにして書かれた詩は、ガザル詩の伝統的な表現に再び立ち返りつつ、詩人のこの確信をさらに深く美しく謳いあげている。

「ウイグルよ　恋人の憐れみを受けることは　信仰からは外れぬ行い　胸は仮の世の国　献身を

続けるがいい　どこにいようと命に執着はせぬ　それが幸福の妙案　命はお前のもの　だが神よ私を恋人から遠ざけないでくれ　今夜宴に加わったものは　すべての正気を失った」（「今夜」）

亡き妻との霊的な出会いを、私たちは現代人の視点から錯覚や妄想などとみなすべきではない。「正気を失う」ことは、アブドゥハリクにとって、妻に象徴されるより良き世界に直結することであり、その世界をこの現世で、たとえひと時であれ実現するための闘いに己を捧げることでもあった。このとき、アブドゥハリクは伝統精神と近代的自我を結び付ける一人の詩人であるとともに、一人の革命家、現世的秩序の偽善や悪に、己の生命をたたきつけて打ち崩そうとする人間として生まれ変わったのである。

そしてこの同時期、一九三〇年代の訪れとともに、まるで詩人の運命を急速に戦いに押しやるような情勢の変化が新疆では生じていた。愚昧な支配者金樹仁と、蓄財や利権、豊かな土地や生産物を求めて流入してきた漢人政商や悪徳官僚からなる、むき出しの漢人権力による暴力的支配が実現。それまで形骸化されたとはいえ残存していた旧ウイグル王家や支配層の権力や所有地の強奪、そして、イスラム教徒であるウイグル人の娘を、権力を利用して妻にしようとする漢人支配層の、ウイグルの信仰を侮辱する態度に、各地で民衆蜂起が続発したのである。これは、猛将ではあるが本質的には軍事的冒険者に過ぎない馬仲英の反乱とは異なり、民族の誇りと独立をかけた戦いだった。そして、一九三二年にアブドゥハリクも指導者の一人として起きたトルファンの民衆蜂起は、本書において、日本で初めて、決起したウイグル民衆の立場から描き出されている。アブドゥハリクの詩「咲け」は、まさに、恋人への思い、真実の愛への思いが、民族への愛と独立への意志と結合した、この民衆蜂起を象徴する詩であり、ウイグル民謡のメロディーを伴うことによって彼らの行進曲とも、戦いへの決意を固める連帯の歌ともなった。そして、アブドゥルハリクの心中では、この歌は亡き妻、そして育ててくれた祖父ミジトをはじめ、彼のタハッスルであるウイグルの意味する、すべての理想と真実の「結合」の歌として響いていたに違いない。

「私の花が咲こうとしている あなたの髪を 飾ろうとしている 恋人を想う心の火が 体を包み込もうとしている（中略）情熱の花よ 咲け 勇気の道よ 開け 恋人のため 命を捧げよ どうせいつかは 死ぬ身」（「咲け」）

決起軍の初戦の大勝利と、その後、やはり組織化に乏しく武器も不足していたことから、敗北し追い詰められていく過程は、本書の抑制された筆遣いが的確に伝えているが、その背後には、戦場で倒れていく一人一人の戦士たちに対する著者の哀感がこめられているようだ。そしてこの決起と戦いを、アブドゥハリクは、中世の叙事詩を思わせるいくつものバラッド（物語詩）として残している。「凍りついた」「燃えた」は、この戦いを詩としてとどめようという詩人の決意と同時に、決起した民衆の姿が、伝説的な英雄や神話的世界の戦士たちのように謡いあげられている。戦いには敗れたが、決起軍の精神と意志は詩とともに永久にウイグルの大地に刻み込まれたのだ。

アブドゥハリクは、ある裏切り者のウイグル人の密告で、新たな新疆の支配者となった、これも徹底的なマキャベリスト盛世才の軍隊に捕らえられた。しかし、この人生の最終段階で、彼の絶唱というべき詩をいくつも残している。次の詩節には、幼少時にローズイ・モッラーが謡った詩節が、この生涯の最後に再び詩人によみがえり、さらなる広がりをもって発展させられている。

「何も考えぬことが特技となり 侮辱されることさえ面白がる者がいる いつの世もこんな人々を『運命』は可愛がる ものを考えぬ人間は権力を求め 平穏な世の中を汚し続ける 額に汗して働く善人が報われず 人の稼ぎを当てにする者が儲かるとは（中略）私は言った 『不正を働く者の前で 正義を行うものが何で跪かねばならぬ』 無知のまま日々を過ごし いつまでも首うなだれているな」（「時代の痛み」）。

詩人はこの言葉通り、盛世才の前に引き出されても屈することなく、漢人支配の不当さを堂々と批判した。そして、処刑を覚悟した獄中で謡われた「憂い」は、まさに詩人の最後の絶唱である。

「ため息をついてはいられない 叫び声をあげるのだ 口から出る言葉よ 炎となって天に届けそうすれば痛みが和らぐだろうか 真っ暗闇の中の長い夜 生あるものはすべて休んでいる 苦痛を感じているのか 無事でいるのか どうなっているのか分からない」（「憂い」）

牢獄の闇は、かつて詩人が孤独感をかみしめていた「トルファンの夜」のようにアブドゥハリクを押し包んでいる。しかし、彼は詩人として叫ぶのをやめない。ガザル詩の形式はぎりぎりのところで保たれているが、そこに満ちている詩精神は、ウイグルへの誇りとともにその欠点への怒り、漢人支配層をはじめとする権力に屈しない自由な精神、そして生死を超越した戦いへの意志である。彼は処刑される寸前まで詩人だった。一九三二年三月、三十二歳で殺された彼の残した詩集は、今もなおウイグルで読み継がれている。そして、ウイグルにおける民族弾圧の実態が、楊増新や金樹仁、そして盛世才といった漢人支配者の時代と本質的に変わらないばかりか、より残虐さを増している現状下、詩人の魂は新しい時代の若者の中に宿らんとしているはずだ。第二のアブドゥハリクがウイグルの地に現れ、彼の声が再び荒ぶる魂として響き渡ることを、本書の著者とともに祈念したい。

（終）

三浦小太郎《みうらこたろう》　評論家。一九六〇年東京生まれ。
著書に「評伝　渡辺京二」（言視舎）「嘘の人権　偽の平和」（高木書房）など。

あとがき

其の一

ウイグル語に「カラボラン」ということばがある。直訳すれば「黒い砂嵐」となるが、私は一九九五年、新疆のアクスに滞在していたとき、このカラボランに遭遇した。はるか遠くの地平線上に平たい黒い雲のようなものが湧き起こり、最初はゆっくりと、それからだんだんスピードを増してこちらに向かってくる。まるで生き物のようである。風に巻き上げられた小石や砂が建物に当たり、ガタガタという大きな音を立てはじめ、窓ガラスを揺らす。するとだんだんあたりが暗くなり、数分後には夜のように真っ暗になるのである。カラボランのスピードと破壊力はすさまじいもので、昔は避難が間に合わなかった馬やラクダ、それに人間も、鼻や喉に砂が詰まって窒息死したこともあったと言われている。

アブドゥハリク・ウイグルの三十二年の生涯は、まさにカラボランのようなものであった。親友エクベルハンが、骨の中から出てきた詩を読んだあとこう叫んでいる。「民族、民衆、自由平等、解放だと言っていたから、あんたはこんな災難に遭ったんだ。詩人よ、生きるために何の不足があった。あんたには金も財産も、土地も水も、名誉だってすべてがあったじゃないか！」

アブドゥハリク・ウイグルにとって最も大事なものは金や名誉ではなかった。彼が最も大切にし、命がけで守らなければならないと思っていたのは何だったのか。

アブドゥハリク・ウイグルの詩の翻訳をしながら、並んでいる文字の間からときどき彼の強い怒りや絶望感が伝わってきて、息が詰まるような感じがすることがあった。「トルファンの夜」や「夏の夜」に描写されているトルファンの夏の夜を私も知っている。涼を求めて屋上に出てきた人々が簡易ベッドに横になっている。おしゃべりをしながら楽しく過ごしている。真っ暗な空には、手を伸ばせば届きそうなところに星がキラキラと輝いている。「何てすてきな夜空なんだろう」と思って眺めていたものだった。だが、アブドゥハリク・ウイグルは同じような星空を見ながら、自分の生き方を人に理解してもらえない孤独を感じていた。それでも「決して闘いをやめてはならないぞ」と自分自身を鼓舞していたのである。

直接的な言葉で社会批判をすることが許されない社会では、詩という形をとって自分の思いを表現することしかできない（これにも危険はつきまとうのであるが）。アブドゥハリク・ウイグルの初期の作品を除いて、詩人が詠みこんでいる「恋人、美しい人」という言葉は、ほとんどすべてが「理想、愛する故郷、愛する民族」などと置き換えることができる。

彼の詩には妻や家族に対する深い愛情、社会の不条理に対する大きな不満、人々に理解してもらえないことへの苛立ち、孤独感など、あらゆる感情が詠みこまれている。私の拙い訳文から詩にこめられた詩人の思いや感情を少しでも感じ取っていただくことができれば、これ以上の喜びはない。

其の二

本書は、三浦小太郎氏の解説があってはじめて、アブドゥハリク・ウイグルを紹介する書としての体を成したのではないかと考えている。アブドゥハリク・ウイグルの詩の翻訳に着手してからずっと、頭の中からは不安が去らなかった。彼の詩は、彼が生きた時代背景を知ることなくして決して理解することはできないのだが、当時のウイグルを取り巻く政治状況は非常に複雑で、それを文字にして説明できるような力が私にはないことを知っていたからだ。

そのようなとき、私の翻訳書『ウイグル十二ムカーム（集広舎、二〇一四）』の出版を通じて評論家の三浦氏と知り合った。三浦氏は人権問題に関する多くの評論を発表され、御著書も人権問題や社会問題に関するものが多い。だがご自身のブログでは音楽や文学、映画や漫画といった幅広い分野における豊富な知識をもとにした評論を発表されていて、それらを読んだとき、ぜひ三浦氏に解説をお願いしたいと思った。

そして三浦氏は私の希望どおり、アブドゥハリク・ウイグルの詩の特徴とその詩の背後にある時代の動きを簡潔なことばで要領よくまとめて下さった。読者の皆様が「闘う詩人アブドゥハリク・ウイグル」を理解されるのに、大いに役立つのではないかと思っている。

三浦氏には心からの感謝のことばを申し述べたい。

さて、この場を借りて、日本におけるウイグル文化、ウイグル文学の紹介に尽力されたお二人を紹介させていただきたいと思っている。白石念舟、トヨご夫妻である。お二人は長いあいだウイグルの子供たちや若者への支援を続けられ、多くのウイグル人留学生のお世話をしてこられた。ご縁があって私は一九九六年、中国留学から帰国してすぐに白石ご夫妻と知り合った。お二人を中心にして「日本シルクロード倶楽部」の事務局で、ウイグル人留学生たちとワイワイガヤガヤおしゃべりをしながら、ウイグル料理のポロやラグメンを食べたのを、ついこのあいだのことのように思い出す。

お二人は日本における父であり母であるかのように、優しく、時には厳しく彼らに接し、日本の文化、習慣を教えておられた。留学生やその家族のために、海水浴や日本文化体験の旅など、いろいろなイベントも計画して実行されていた。

また白石念舟氏はウイグル人留学生の支援活動のかたわら、ウイグル文化やウイグル文学を日本に紹介する事業もされていた。「ウイグル文学を翻訳して出版するためには優秀な翻訳者が必要である。文科系出身者を留学生として招き（当時はほとんどのウイグル人留学生が理科系出身であった)、数年間日本語を学んでもらい、日本人翻訳家と共に翻訳事業を担ってもらおう」、という計画のもと、留学生の招聘が始まった。招聘した留学生を伴って自ら各地の奨学金支給団体に出向かれた。

白石氏は個人的に続けておられた支援活動をさらに充実させるために、一九九四年「日本シルクロード倶楽部」を立ち上げ専務理事として務められた。倶楽部では季刊誌『タクラマカン』が発行され、創刊号には日中共同ニヤ遺跡学術調査日本側隊長、小島康誉氏のインタビューが掲載された。編集の手伝いをしていた私は、小島氏に続いて「騎馬民族征服王朝説」を発表された江上波夫氏、留学生の支援に力を注がれていた都竹武年雄氏(一九九七年当時日本私立大学協会国際交流委員会担当幹事)、蓮見昌世氏(一九九七年当時公益信託蓮見留学生育英奨学基金代表)など、シルクロードに縁の深い方々のインタビュアーとして先生方のもとにうかがい、貴重なお話をうかがうことができた。

また倶楽部では定期的にウイグル語講習会が開催され、そこで使用するための教科書『ウイグル語入門』や『ウイグル語常用単語』が出版された。日本語を学ぶウイグル人のためにと、ウイグル語で書かれた日本語の入門書や日本語語彙集がウルムチでも出版された(現在いずれも絶版となっている)。

残念ながら、二〇〇七年に「日本シルクロード倶楽部」はその活動を停止した。中国国内におけるウイグルをめぐる情勢の変化を受け、これ以上活動を続けていくと留学生の身に危険が及ぶかもしれない、と思われたからである。もし状況が許したならば、今も「日本シルクロード倶楽部」は存続していたことだろう。

倶楽部の活動は停止したが、二〇一二年五月には世界ウイグル会議総裁のラビア・カーディル氏が白石氏に会いに来られ、長年にわたるウイグル人留学生の支援に感謝の意を表されたことを付記しておきたい。

さて、前述した『ウイグル十二ムカーム』の翻訳出版も、もともと「日本シルクロード倶楽部」の翻訳事業計画の中に入っていたものであった。日本シルクロード倶楽部から出版することはできなかったが、白石氏はこの本を手に取られたとき、心から喜んでくださった。

ムカームというのは音楽と文学、踊りが融合された大型の音楽組曲のようなものである。二〇〇五年にはユネスコが作成・発表した「人類の無形文化遺産の代表としてのリスト」に登録されており、ウイグル人が誇る伝統文化の一つとなっている。白石氏はこのムカームを現地で何度も鑑賞され、研究され、各所でムカームに関する講演を行い、小規模ながらムカーム音楽団も日本に招聘されている。

どのようなことが起こっても、常にウイグル人留学生のために心を砕かれていた白石念舟氏は二〇一五年十一月十日、病のため亡くなられた。その五か月前に都内のウイグル料理店でお会いしてよもやま話を楽しんだばかりだったので、数日間は信じられない思いでいっぱいだった。

本書で紹介した詩人アブドゥハリク・ウイグルは、白石氏が非常に興味を持たれていた人物で、アブドゥハリク・ウイグルを紹介する本の出版も、白石氏が生前強く望まれていたことであった。白石氏はいつも巻紙に毛筆で書いた手紙を下さっていたが、最後となった手紙の締めのことばは「現代のアブドゥハリクはいつ現われるのでしょうか」というものであった。もし白石氏が本書を手にされたらどれほど喜んで下さったことかと思うと、もう少し早く完成させるべきであったと後悔の念が先に立つ。心からの感謝の気持ちをこめて、お二人に本書を捧げたいと思う。

最後になりましたが、出版を引き受けて下さった高木書房の斎藤信二氏、労を厭わず丁寧な校正作業をしてくださった京成社の勝呂光男氏そしてみなさまに、心からのお礼を申し上げます。ありがとうございました。

二〇一六年七月十五日

萩田　麗子

ウイグルの荒ぶる魂

―闘う詩人アブドゥハリク・ウイグルの生涯―

二〇一六年八月二五日　第一版発行

著　者……萩田　麗子
発行者……斎藤　信二
発行所……株式会社　高木書房
〒一一四―〇〇一二
東京都北区田端新町一―二一―一―四〇二
電　話……〇三―五八五五―一二八〇
FAX……〇三―五八五五―一二八一
メール……syoboutakagi@dolphin.ocn.ne.jp/
挿　画……T・シーリーン
装　丁……佐藤陽太
印刷・製本……京成社
乱丁・落丁は、送料小社負担にてお取替えいたします。
定価はカバーに表示してあります。

ISBN978-4-88471-443-7　C0031